運命の人、探します！

1　これもいわゆる一つの出会い？

「あっ、ん、んぁ……あぁっ、んん、んぁ……」

言葉を忘れてしまったかのような意味をなさない音の羅列《られつ》。それも息も絶え絶えでか細く、普段の声とはまったく違っていやらしい。

わたし――古池梓沙《ふるいけあずさ》は今、男とホテルのベッドの上にいた。

何をやっているかなんて説明するまでもない。エステティックサロンでマッサージの施術中《せじゅつちゅう》、気持ち良くて――と言ったところで、こんな濡《ぬ》れた声では無理がある。

それは、わたしに覆《おお》いかぶさって胸を愛撫《あいぶ》しているこの男からも明らかだ。

すっきりとした鼻梁《びりょう》に、涼《すず》しげな目もと。少し甘さを残した肉厚な唇は、笑うと口角が引き上げられて、ちょっとやんちゃそうな雰囲気になる。鍛《きた》えられた細マッチョな体をした男は、間違ってもマッサージの施術者《せじゅつしゃ》ではない。

なぜならわたし同様ほとんど裸。身に着《つ》けているのはローライズのボクサーパンツのみで、その下腹部ははち切れそうなほどに膨《ふく》らんでいるのだ。

「柔らかな胸だ。弾力があって」

男は呟《つぶや》き、わたしの胸の膨《ふく》らみを揉《も》みしだきながら、交互に口に含む。乳首をちゅくっと吸い上げ、舌先でねぶって転がしたと思ったら、緩《ゆる》く歯を立てる。

気を抜くと熱に浮かされたみたいに頭の中がぼうっとしてくる。なんとしても、意識だけはしっかり持っていようと思うのだが、だんだん怪《あや》しくなってきた。

「やぁ、やん、ああんっ、んんっ、はあんっ」

「さっきから可愛い声を上げてるな。そんなに胸がイイのか？」

「ちがっ、そんな、じゃ――」

わたしは首を横に振る。

恥ずかしくてたまらなかった。乱れ、悶《もだ》えて、こんなに感じてしまっている自分が信じられない。

「そろそろ、こっちもいいかな？」

「え……、ひゃあっ!?　ああっ!!」

その瞬間、脚《あし》の付け根に強い痺《しび》れを感じた。

胸を捏《こ》ねくり回していた男の手がわたしの下肢《かし》に伸び、ショーツの布越しに敏感な箇所に触れたのだ。

「すごいな。胸だけでこんなに下着を濡《ぬ》らしていたのか」

口もとを拭《ぬぐ》いながら半《なか》ば感嘆したように男が言う。

「そんな……」

わたしは男から目を逸《そ》らすと、膝《ひざ》を擦《す》り合わせた。貼《は》りつく下着の心地悪さに下肢《かし》を強張《こわば》らせる。

「しきりに声を上げるから、感じている振りをしているのかと思っていたが、本当に敏感なんだな」

「──なっ！」

男の言いように思わず息が詰《つ》まった。わたしは唇を震わせながら彼の顔に視線を戻す。

すると男が、今にも舌舐《したな》めずりしそうな笑みを浮かべ、見下ろしていた。

欲情を隠そうともしない男の眼差《まなざ》しにドキリとする。

「まったく、こんなにもほしいと思った女は初めてだ」

そう言って、男は再びわたしに覆《おお》いかぶさると口づけてきた。

「あふっ、ああっ、んふ」

わたしはまた艶《つや》のある濡《ぬ》れた声を上げてしまった。

どうしてこんなことになっているのだろう。

男と出会ったのは、結婚相談所〈プリマヴェーラ・リアン〉が主催するお見合いパーティ──婚活目的の会場だ。けれども、こんな風になるつもりはなかった。

だってわたしはその主催者側の人間なのだ。正確には社員ではなく経営者の娘。

なのに、参加者とホテルのベッドで肌を重ねてしまうなんて。

どうしてこんなことになったのか……

わたしはそれを思い返していた。

＊＊＊

わたしは、贈答用銘菓《めいか》を扱う老舗《しにせ》の製菓会社〈江杏堂《こうあんどう》〉に勤めるＯＬだ。入社後二年間製造工場で事務をし、三年目にして念願叶《かな》って本社の営業部に異動になった。それから半年経《た》った今は、営業事務として仕事を憶えている最中だ。いずれ担当を持って営業に飛び回ることを夢見ている。

両親は祖母の代からの家業である結婚相談所〈プリマヴェーラ・リアン〉を手伝ってほしかったらしいが、今は好きにさせてもらっていた。その代わり、人員が必要なときは臨時のスタッフとして手伝いをしている。

〈プリマヴェーラ・リアン〉は、世話好きだった祖母がお見合いを請《う》け負《お》うために作った会社。景気が良かった時代は、結婚式場と提携しウェディングプランの立案までしていたが、そんな華やかな業務はもう昔のことだ。ある意味堅実さを求める昨今の風潮に合わせて、「春の絆《きずな》」という社名のとおり誠意ある会費で誠実な応対を信条とし、結婚相手を紹介している。

社員は、社長と副社長である両親と、祖母の代から勤めてくれている番頭格で六十代の男性社員である東馬《とうま》さん、あと数名のスタッフというとってもアットホームな会社だ。娘は使い勝手のいい人手と思われているようで、なまじいつも会社にいない分、覆面スタッフとして重宝されている。

早い話、ステルスマーケティング要員だ。パーティで人が集まらなかったときなどの「サクラ」を任されている。スタッフの目の届かないところで起きる参加者同士のトラブル等々に迅速《じんそく》な対応ができるので、結構役立っていると思う。

だから実家主催のパーティに出るときは、普段のわたしとわからないように持てるスキルを駆使《くし》して印象を変え、別人を装《よそお》っていた。特にメイクアップには、ちょっと自信がある。

十人並みで地味な容姿のわたしが、ひとたびメイクすると、同一人物とは思えないくらい華やかになるのだ。おそらく会社でのわたしを知る人間とすれ違っても、まず気づかれることはないだろう。さすがに声音《こわね》を変える技量はないので喋《しゃべ》るとバレてしまうけれど。

どうして普段からそういったメイクをしないのかと言うと、化粧による変化など、所詮見せかけだけの誤魔化しだと思っているからだ。

そう考えるようになったのは、学生時代につき合っていた人に「使用前、使用後」と言われ振られたことが原因だった。恋した相手のためにきれいになりたいと日夜努力をしたのに、嬉し恥ずかし初めてのお泊まりで素顔を見られた途端に終わった――という悲しい過去を持つ。

世の中そんな男だけではないのだろうけど、それでも見かけの問題だけで切り捨てられたのはショックが大きかった。あんな思いをするくらいなら最初から素顔をさらしていよう、と就職以来、ナチュラルメイクで通している。

今ではクマとそばかすが隠れる程度にファンデーションを塗り、色付き薬用リップクリームをつけただけの手抜きメイクだ。セミロングの髪はひっつめて一本に縛っている。今どき中学生でももう少しなんとかするのではないかと思うレベルだった。

なんにせよ、素顔のわたしを良いと言ってくれる人とでなければ恋をする気はない。

そんなわたしは金曜のこの日も、いつもどおりのいでたちでOL業に精を出していた。

退社後に、先輩同僚の及川彩実《おいかわあやみ》さんとパイが美味しいと評判のパティスリーにスイーツを食べに行く約束をしている。恋人がいない者同士、寂しい週末を楽しもうと計画したものだ。そのため、定時で仕事を終えられるように、てきぱきと仕事をこなしていた。

しかしそんなOLのお楽しみは、一本の電話で泡《あわ》と消えた。

昼の休憩があと五分で終わるというときのことだ。午後の業務にそなえてマナーモードに切り替えようと手にしたスマートフォンが着信音を奏で、画面に「母」という文字が表示された。

嫌な予感しかしなかった。

母からの電話は大抵、「サクラ」の依頼だ。わたしは前回出たパーティで参加者の一人にしつこく言い寄られ面倒な事態となったため、「サクラ」の仕事は少し間を置きたいと両親に宣言していた。

それなのに電話がかかってきたということは、余程の事案が発生したのかもしれない——

わたしは会話を聞かれないよう、人気《ひとけ》のない非常階段の踊り場で通話ボタンをタップした。

「何？　電話なんてしてきて。まさか今日のアレじゃないでしょうね」

今日の夜、全国的にも有名な高級ホテル、プリンス・レイトンでゲスト——非会員向けのお見合いパーティが企画されていることは知っていた。

予感は的中し、受話口から聞こえる母——副社長の声は、口調こそ明るいが、どこか逼迫《ひっぱく》している。

しかし流されるわけにはいかない。ここはきっぱりと——

「わたし、しばらく出ないって言ったよね？」

『それはそうなんだけど。でもねぇ』

母が言うには、なんでもパーティに参加するはずだった女性が、突然三人もキャンセルしてきたらしい。

こういうことは、まあまあることだった。おそらく彼女たちは仲良しグループだったのだろう。

〈プリマヴェーラ・リアン〉は「結婚相談所」に敷居の高さを感じてしまう人にも気軽に参加してもらいたいと、非会員向けのパーティを企画している。

新規会員を期待して入会資料も用意しているが、それほど格式張ったパーティではない。いわゆる合コンだ。とはいえ、誰彼構わずでは運営に差し障《さわ》ることもあるので、住所氏名などを事前にネットで登録してもらい、そこへ確認の案内状を送付して当日持ってきてもらっている。

もちろん急に体調を崩してしまうことはあるし、已《や》むを得ない事情が発生することだってある。キャンセル分の料理代などはこちらの持ち出しになってしまうが、仕方がない。まだ連絡してくるだけましだ。

だが、経費面はさておき、運営側としては、男女数に差が出るのが困る。今日のパーティは二十人ほどの規模。そのうちの女性が三人キャンセルとなると単純に考えて十人対七人。

「男と女の数が違っていたから相手が見つからなかった」と、主催者にクレームをつけてくる者が中にはいるのだ。

ここで対応を間違えると、どこかのＳＮＳに投稿され、たちまち拡散される。業務に影響が出る場合だってあり得るだろう。そうなれば弱小結婚相談所の未来がどうなるかなんて、想像するのはたやすい。

わたしはスマホを耳に当てたまま、肩を落とした。家の事情を考えると、どうしたって選択の余地はない。予定していた及川さんとのスイーツを諦《あきら》めるしかなかった。

不況の荒波に抗《あらが》えず、実家の会社には経営不振で生じた借金があるし、わたしの下には学生の弟妹がいる。両親にはまだまだ頑張ってもらわないといけない。

そのためにも、わたしができることはやらなければ。わたし一人増えても男女数が同じになるわけではないけれど、いないよりはましだ。

「――わかった。服と化粧道具一式、用意してよね」

不機嫌さを隠さず告げると、受話口から聞こえる母の声は一段と明るくなった。

『さすが、あーちゃん！　頼りになるわ。今日はフレンチだから食事楽しんでね。東馬さんには言っておくわ』

わたしは溜《た》め息をつきつつ、通話ボタンをオフにした。

及川さんにキャンセルの連絡をしなければならず、気が重い。本当のことを言うわけにはいかないから、実家に急用があると言おう。

お見合いパーティをキャンセルした人たちも、もしかしてこんな事情だったのだろうか。

そんなことを考えながら、わたしはスマートフォンのコミュニケーションアプリを立ち上げるのだった。

退社後、わたしは通りでタクシーを拾った。行き先はプリンス・レイトン。高級ホテルに行くには地味な出勤着なので、ちょっと気後《きおく》れするが仕方がない。

ホテルに着くと、足早にスタッフ控室を目指す。会場となるホールのすぐ脇の小部屋だ。

黒のスーツをジェントリーに着こなした東馬さんに出迎えられて部屋に入り、用意しておいてもらった服に着替えた。高級ホテルに相応《ふさわ》しい、お嬢様風のボレロ付きワンピースだ。色は水色。もちろんサイズはピッタリ。当然、服に合わせてパンプスも用意されていた。

着ていた服は一纏《ひとまと》めにして、袋に入れておく。帰りにまたここで着替えてもいいし、置いておけばいつものように自宅までスタッフの誰かが届けてくれるだろう。財布やスマートフォン、家の鍵といった最低限の身の回り品は、用意されていたハンドバッグに入れ替える。

そうしてわたしは、既《すで》に持ちこまれていた愛用のメイクボックスを前に化粧に取りかかった。

まずは下地。そばかすと肌荒れをコンシーラで隠し、しっかり整える。次はリキッドファンデーション。照明を考えて、地肌より少し明るめの色味にした。それをベースにしてハイライトとシェードカラーを肌になじませ陰影をつけつつ、ドレスに合わせた甘い顔立ちにしていく。

目もとは特に念入りに。ブラウンピンクを基本色にしてグラデーションを作る。アイラインを引き、マスカラは目尻を厚めにした。全体の盛《も》りすぎには注意。ほわっとチークを入れたら、リップを一度くっきり塗り、色落ちし難《にく》くなるようにパウダーで押さえてから再度塗ってグロスで仕上げた。

髪はコテでゆるふわのウェーブをつけ、ツインコームで纏《まと》め髪にする。わざと後《おく》れ毛を作って流行《はや》りっぽくしてみた。

靴を履き替え、鏡に全身を映して最終チェックをする。

そこにはもう、地味なＯＬ「古池梓沙」の姿はない。

こうして盛装したわたしは、受付で参加者がつけるナンバープレートを受け取ると、会場に足を踏み入れた。

正面中央のテーブルには豪華な生花が活《い》けられていた。それだけで、会場が華やかになる。

見回すと既《すで》に男性が半数ほど来ていた。女性はというと、わたしを入れてもまだ三人。

開始時間までには来てくれると良いなと思いながら、わたしはまるで初めて参加するような顔で女性陣のほうに足を向ける。

今日は略式ながらフレンチのコース料理をいただいたあと、席を自由に移動できるフリータイムになる。

このフリータイムがお見合いパーティの勝負どころだった。上手く需要と供給がマッチしてお相手が見つかれば良いのだけど、中には声をかけたくてもかけられない、お一人様コースとなる人も出てくる。

だからスタッフは申しこみ時の個人データをもとに、さり気なく参加者の中から良さそうな人を引き合わせたり、代わりに声をかけたりするのだ。

わたしの役目は一人でいる人に気づいたらスタッフに知らせ、場合によっては話しかけてコミュニケーションが取りやすい雰囲気にすることだった。今日は少人数なので、そこまで頑張る必要はない気がしているけれど。

でも、どういう事態になろうと、自分をアピールすることはない。ここが大事。あくまでも主役は参加するゲストで、わたしは人数合わせの「サクラ」なのだから。

そして午後七時三十分、まだ男性が一人来ていなかったが、東馬さんの仕切りで〈プリマヴェーラ・リアン〉のお見合いパーティは始まった。

男女交互にテーブルに着き、飲み物が銘々《めいめい》注がれると、まずは軽く自己紹介。わたしは商社に勤めるOL、「春野敦子《はるのあつこ》」と名乗る。もちろん本名を言うわけにはいかないので偽名だ。

ちょうどそのとき、男が一人、会場に入ってきた。

遅刻した参加者が来たのだろうと、何げなく男に目をやった瞬間、わたしは「えっ」と声を上げそうになった。だが辛《かろ》うじて片頬《かたほお》を引《ひ》き攣《つ》らせるにとどめて押し黙る。心臓はバクバク、頭の中は真っ白になりかけていた。

一方、その男は、自己紹介のために立ち上がっていたわたしを見ると、満面の笑みを浮かべて一直線に進んでくる。

中肉中背、ぱっと見そこそこイケメンな風貌《ふうぼう》のその男は、前回出席したパーティでわたしに絡《から》んできた人だ。本人はアプローチのつもりだったらしいが、しきりに連絡先を訊《き》かれそのしつこさに辟易《へきえき》したわたしは、イベント責任者の東馬さんから注意をしてもらったのだ。

その後、男は正規の手続きを取って入会し、〈プリマヴェーラ・リアン〉のメンバーになった。だが会社としては要注意人物としてマークしている。

わたしは、「どういうこと？」と、縋《すが》る思いで東馬さんを見た。わたしの視線に気づいた東馬さんが、眉間に皺《しわ》を寄せて小さく首を傾《かし》げる。何か手違いがあったのは確かだ。

選《よ》りにもよってわたしがいるパーティに現れるなんて——

あれ？　待って？　今日のパーティはゲスト向けのもの。だから相談所の会員であるこの男には、参加資格はないはずよね？　じゃあどうしてここにいるの？

「吉瀬《きつせ》様でよろしいでしょうか？」

東馬さんはわたしを背にして男の前に立つと、参加者名簿を見ながら話しかけた。

この男の名は「吉瀬」ではない。偽名を使いゲストの振りをして申しこんだのだろうか？　案内状が宛先《あてさき》不明などで戻ってこない限り、ゲスト向けのパーティでは参加者について調べることはない。

「吉瀬は僕ですが」

そこにまた別の男の声がした。わたしを含め会場にいた者が一斉に、扉口にいたもう一人の男を見る。

東馬さんが、吉瀬と名乗った男に向き直り、同じように質問をした。

「お客様が吉瀬様……、お名前をフルネームでお伺《うかが》いしてもよろしいですか？」

「ああ、吉瀬頼人《よりと》だ。仕事が長引いてしまって、遅れてすまない」

すまないと言いつつも悪びれた様子はなく、優雅な足取りでテーブルまで進む男からは、どこか育ちの良さが感じられた。

わたしはその吉瀬と名乗った男から目を逸《そ》らせなくなる。

見るものを惹《ひ》きつけてやまない端整な顔立ち、一目で質の良さがわかるスーツをすっきり着こなす痩身《そうしん》の体躯《たいく》。身長は、百七十三センチの東馬さんより若干高いので、おそらく百七十五、六センチ。年は二十代半《なか》ばから後半くらい、とあたりをつける。

「恐れ入りますが、こちらからお送りした案内状はお持ちでしょうか？」

「これかな？」

吉瀬さんが上着の内ポケットからすっとシルバーの箔押《はくお》しがされた水色の封書を取り出した。それは〈プリマヴェーラ・リアン〉がゲストに送った案内状だ。

吉瀬さんから案内状を受け取った東馬さんが頷《うなず》いているので、間違いないだろう。

「確認できました。では空《あ》いているお席へどうぞ」

「こっちでいいかな？」

「はい」

東馬さんとの遣《や》り取りが、心憎くなるほどスマートだ。

そんなイイ男がどうして婚活目的のパーティに参加することにしたのか、訊《き》いてみたい衝動にかられた。参加理由なんて人それぞれだろうが、モテないわけがないと思うのだ。

吉瀬さんの外見は結婚相手として申し分のない優良物件、上玉だった。現に女性参加者は一気に落ち着きをなくして色めき立ったし、男性は男性でとんでもないライバル登場と苦虫と噛《か》み潰《つぶ》したような顔をしている。

もっともこれは外見だけでの判断だ。彼がどんな性格をしているのかはわからない——と、そんなことに考えを巡らせながら、わたしは奇妙な既視感《きしかん》を覚えていた。

いつどこで、などまったく思い当たらないが、彼と前に会ったことがある気がするのだ。

まさか同じ会社の人？　そんなことあってほしくないが、絶対ないとは言いきれない。

今はきちんとメイクアップしてるので、ちょっとやそっとの知り合いではわたしとはわからないだろう。声だけは誤魔化しようがないが、よっぽど仕事でかかわってない限り大丈夫だ。自分で言うのも悲しいほど会社にいる普段のわたしとはギャップがあるのだから。

それに、「吉瀬頼人」という名前はまったく記憶にない。多分、気のせいだろう。

「——案内状をお持ちですか？　お持ちでないのでしたら申し訳ないのですが、ご退出願えないでしょうか」

きっぱりとした東馬さんの声にわたしははっとした。

吉瀬さんに見惚《みほ》れて一瞬忘れていたが、もう一人の男の問題がそのままだ。

「俺はプリマヴェーラのメンバーだぞ。案内状がなくてもどうにかするものだろ」

目を丸くするその男は、歓迎こそされても、帰れなどと言われるとは想像だにしていなかったらしい。

つまりあの人、勝手に来たってこと？

今日のイベントの日時は〈プリマヴェーラ・リアン〉のホームページで確認できる。名前を騙《かた》って申しこんだのかと思ったが、「押しかけた」というのが実際のところらしい。

わたしを追いかけてきたのだろうか？　いや、わたしの参加は今日の昼に決まったことだ。それに、パーティに誰が参加するかなどホームページには載せていない。知っているのは、ごく内輪のスタッフだけ。となると、どうしてここに来たのか不明だ。

考えこんでいる間にも、東馬さんが男に対応している。

「こちらからお送りした案内状が参加証なのです。それがない場合は正規メンバーでもご遠慮していただくようお願いしています」

少々のことなら融通《ゆうずう》を利《き》かせるが、前回もトラブルを起こしている男に応じることはできない。丁寧な口調ながら毅然《きぜん》と断りを入れる東馬さんは、さすが祖母の代からの番頭さんだけあって風格があった。

昔、英国で家令として学んだことがあると聞いていたが、その経験はダテではなさそうだ。

「遠慮してくれだと？　俺はそこに立っている春野さんに用があるだけだ！」

えっと、春野って……？　あっ、わたしのことだ!!

鼻息も荒く言い放った男の言葉で、全員の視線がわたしに集まった。

「入会して、彼女に会いたいと担当者に何度も言ったが、ちっともセッティングしてくれない。だから夕方からずっとこのホテルに張りこんで、彼女が来るのを待っていたんだからな」

それってまるで――

あまりのことに、口をあんぐりと開けて、暫《しば》し閉じるのを忘れた。もしわたしが来なかったらこの男はどうする気だったのだろうか。いや、そこはわたしが心配することではないけれど。

「春野さん。前会ったときは大人っぽかったけど、今日はすごく可愛らしいね。雰囲気がまったく違っていたから最初別人かと思ったよ。でも声でわかった。それが本来の君なんだね」

何を言ってるの、この男。これは日本語なの？

うっとりと目を細めた男に、わたしの背中に嫌な汗が流れる。

これはちょっとまずいのではないか？

他の参加者があからさまに不審そうな表情を浮かべてこちらを見ている。自分の立場がなければ、しつこい男をぶん殴って黙らせたかった。

そんな不愉快な雰囲気の中、不意に男性の声が響く。

「遅刻してきた僕が言うのもなんだけど、実は腹がペコペコなんだ。今日はこれがあると思って昼食抜きで仕事を終わらせてきたし。そろそろ始めてもらえないだろうか。さっきから良いにおいがしてくるので、もう限界だよ」

吉瀬さんだ。どこか切羽詰《せっぱつ》まっているような、それでいてのんびりとした口調が、刺々《とげとげ》しくなりかけた場の空気を変える。

「……そうですね。では料理をお願いします」

東馬さんが近くで待機していたホテルの人に、料理を出してくれるように合図した。

確かに頃合いだ。これ以上、こんな男のために、時間が削《けず》られるのは腹立たしい。

「申し訳ありません。お引き取りいただけないのでしたら、強硬手段に出させていただきます。よろしいですか？」

東馬さんが、警告するように男に迫《せま》った。東馬さんの態度に威圧感が増す。

「そ、そんなことをしていいと思っているのか？　メ、メンバーだぞ、俺は」

東馬さんの雰囲気に呑まれたのか、男は気色《けしき》ばみつつも言葉が尻すぼみになる。

わたしはその様子を見ながら、気が滅入《めい》ってきた。どういう形にせよ、こんな男がいる結婚相談所になんて入会したいとは思わないだろう。今日のパーティで新規メンバーは望めないということだ。

母の要請とはいえ、自分がここにいたから引き起こされた事態だ――家のために頑張りたいのに、逆に足を引っぱってしまい、申し訳なく思う。

「――僕は初めてだからよくわからないんだけど、こういうのってまず両者の合意があってされるものだよね？」

横から口を挟んですまないと言いつつ、吉瀬さんが東馬さんに訊《き》いてきた。

「さようでございます。どんなにお望みになられましても相手様があることですので、直接お会いいただくのは、双方合意された場合のみに限らせていただいています」

東馬さんは突然話しかけられたにもかかわらず、背筋をピンと伸ばし、吉瀬さんの質問に紳士然と答えた。

「おい待てよ!!　お前、何訊《き》いてんだよ!?」

男の矛先《ほこさき》が吉瀬さんに向かう。でも吉瀬さんはそれを気に留めもせず、東馬さんの言うことに頷《うなず》いていた。

どういう意図があってなのかわからないが、ナイスタイミングで話に割りこんだ吉瀬という男に、好感度が一気に上昇する。

そう思ったのはわたしだけではないようで、ドン引きしていた他の女性陣も表情を緩《ゆる》め、吉瀬さんを熱い目で見詰《みつ》めていた。

「では、お引き取り願えますか」

「ちょっ‼ 俺はただ、春野さんに……。そ、そうだ、連絡先！ メアドでも電話番号でもいいから……」

ずいっと東馬さんに前に出られ、男の声は上《うわ》ずっていた。勝負ありだ。

「よろしいですか。今後もし春野様につき纏《まと》うようなことがあれば、当社としてはそれなりの対応をさせていただきます」

これで、とどめ。

頑《がん》として譲《ゆず》らない東馬さんの態度は、まるで言い寄られて迷惑している女性を守っているように見えるらしい。女性参加者は吉瀬さんだけでなく、東馬さんにもうっとりとした眼差《まなざ》しを送っている。

これはもしかしてヒョウタンからコマ？

会社の危機かもと、内心かなり焦《あせ》っていたけど、この反応は悪くない。

「わ、わかったって。そんなおっかない顔して睨《にら》むなよ」

顔を引《ひ》き攣《つ》らせ、渋々といった体《てい》で男が踵《きびす》を返し、扉口に向かう。そしてお約束のように振り返ると、忌々《いまいま》しげに「憶えてろよ」と捨てゼリフを残して出ていった。

どこからか、ほうっと吐き出された息が聞こえる。ひとまず一段落《いちだんらく》か。

「春野様」

「はい」

不意に東馬さんに名を呼ばれたわたしは、ぱちくりと瞬《またた》きをして、彼の顔を見る。

「ご不快な思いをさせて申し訳ありませんでした。このことは当社の責任であり、春野様にはなんの落ち度もございません。今後もし何かありましたら、すぐに連絡をいただければと思います」

東馬さんはそう言って深々と頭を下げる。アシスタントについていた若いスタッフも同様だ。もちろんわたしは、そのスタッフとも顔見知りなんだけど……

「いえ、そんな……。びっくりしましたけど大丈夫ですから」

わたしは今、「ゲスト」としてここにいるのだ。だから東馬さんは会社の代表として「不快な思いをしたはずのゲスト」に誠意をこめて謝罪したのだろう。

「ではしばらくお食事をお楽しみください」

今度はなりゆきを見守っていた他の参加者に向けて、東馬さんが頭を下げる。

そうして食事が始まった。だけど、一度悪くなってしまった空気を完全に元どおりにすることはできず、ぎこちなさが残っている。

「良かったですね、大ごとにならなくて」

そんな中、吉瀬さんに話しかけられた。わたしと彼の間にはもう一人参加者の男性がいるのだけど、お構いなしだ。そんな彼のマイペースぶりについ苦笑したくなる。

「はい。ええ、まあ……」

「どうしてまたこんなことになったのか、教えてもらえませんか？」

口を開いたのは、向かいに座っている女性参加者だ。

誰もがわたしに詳細を訊《き》きたがっていることは、周囲の視線から察せられた。

「あの……、それはちょっと……」

わたしは言葉を濁《にご》し、東馬さんを窺《うかが》う。

あの男の態度は褒《ほ》められたものではないが、一応〈プリマヴェーラ・リアン〉の正規会員であるし、本人がいないところで話題にするのは良い感じはしない。あの思いこみがすぎるところがなければ、案外悪い人ではないかもしれないし。

「お見苦しいところをお見せしてしまいましたが、当社に登録されている方ですので、これ以上のお話はご容赦《ようしゃ》ください」

すかさず東馬さんが間に入ってくれて助かった。

「えー、でもああいう人を紹介されるのは困るし、ヤバい人は知っておきたいんですけど」

女性参加者が食い下がる。まあこれも正論だ。

「ご入会いただき、お相手を紹介する段になりましたら、その都度ご希望をいただくことになります。希望されていない方をこちらから取り持つことは決して致しませんので、ご安心ください。どのような場合でも、優先されるのはご本人様のお気持ちでございます」

「つまり、こちらの春野さんは断った。でも向こうは何か勘違いして、ここに来ちゃったってことかな？」

今度は、はす向かいの男性参加者が質問する。

ええ、そうです。そのとおりなんですよ、と声に出して言いたいところをわたしはぎこちない笑みで答えた。

「……こちらの配慮が至らず、申し訳ありませんでした」

顔を僅《わず》かに曇《くも》らせたのを目ざとく東馬さんに見られてしまったようだ。また謝らせてしまった。

わたしは、「仕事増やしてごめんなさい」と、内心でひたすら東馬さんに手を合わせる。

もう、ほとぼりが冷めるまで——いや冷めてもパーティに出ないことにしよう。元々サクラなんて面倒なだけだし、他にもやりようがあるだろう。わたしは改めて決意した。

「でも！　カッコ良かったです！　すっと間に立って、なんだか暴漢から女性を守るＳＰみたいで!!」

突然上がった声に、自然に視線が集まる。奥の席の女性——先ほど東馬さんに見惚《みほ》れていた人だった。キラキラと夢見るような表情を浮かべている。

「そうやって注目してもらえるなら、僕ももう少し頑張れば良かったな。お腹が空《す》いたなんて言ってないで」

今度は吉瀬さんが言う。タイミングよく話を展開させ、彼は空気清浄機のように場の雰囲気を変える。

本気か嘘かわからない残念そうな吉瀬さんの言い方がおかしくて、わたしを始め何人かがクスリと笑みを漏《も》らした。

わたしは、感心せざるを得なかった。ずいぶん巧《たく》みな話術だ。彼はいったいどんな仕事をしている人なのだろう。

しかし笑うなんて失礼なことをしてしまったと、わたしは慌《あわ》てて言い繕《つくろ》う。

「すみません。ちょっと気が緩《ゆる》んでしまって。吉瀬さんを笑ったわけでは……、あの、その……」

「いや、ぜんぜん？　そうだな。気になるなら、このあと軽く飲みにつき合ってもらえれば――」

「はあ……、でもそれは」

みんながいる前で堂々と誘ってくるなんて。〈プリマヴェーラ・リアン〉の規約を知っているわたしは面食《めんく》らった。案内状に、主催を通さない誘いは禁止と明記されているはずなのだ。

「吉瀬様、パーティ後のそのような申し出は、すべて当社を通していただきたいと存じます」

東馬さんが少し困ったように口を開く。

「勝手に誘っちゃ駄目？」

「はい。大変失礼ではございますが、何ごとも万が一のことがございます。当社主催のパーティで出会われた方と次にお会いになりたい場合は、私どもにお知らせください。改めて後日こちらからご連絡をし、場を設《もう》けさせていただきます」

メンバー登録がされていないゲストに勝手に振る舞われては、何か起きたときに対応が難しくなる。会社としてできるだけトラブルを避けるための規約だ。

「そうかあ。結婚相手を探して参加してるわけだから、合コンのノリで声かけたらいけないんだな。春野さん、軽く誘ってすまない」

少し大げさに頭を下げた吉瀬さんだったが、にこりと笑みを浮かべた顔に悪びれる様子はない。普通そんな態度を取られたら、調子がイイだけのヤツと鼻白《はなじろ》むところだが、吉瀬さんにはなんというか、かえってそこに親しみやすさがあった。もし、わたしにもお相手を探す権利があったなら、吉瀬さんの名を最初に挙げるだろう。

とは言っても、わたしに男を見る目がないのはこれまでの経験で思い知っている。特にこうしてメイクアップしているときに近寄ってくる男はすべて警戒するに越したことはないのだ。

パーティ終了後、開始前に受付で渡されたナンバープレートの裏面に、気になる人の番号を書きこみ、返却する。なければ、番号なしで返せばいい。——わたしのプレートのように。

これでマッチングしていたら、改めて一対一でのお見合いが双方に打診される。それが〈プリマヴェーラ・リアン〉のアフターサービスだ。だからチャンスは今、この場だけ。

トラブルはあったが、一応それなりに事《こと》が運んだパーティを終えて、参加者が帰途《きと》に就《つ》く。用意した入会案内のパンフレットを持ち帰る人もいれば、さっさと出ていく人もいた。

「今日はありがとうございました」

わたしも、扉口で見送ってくれるスタッフにそう挨拶すると、ひとまず会場をあとにする。この格好のまま帰宅しても構わないのだが、参加者の姿がなくなったころを見計らい、スタッフ控室に戻って着替えをしようと考えていた。「春野敦子」から「古池梓沙」に戻るのだ。

どこで他の人をやり過ごそうかと考えながらエレベーターホール前まで行くと、そこにはまだ参加者の半数近くが残っていた。エレベーターのボタンは押されていたが、それを待っている風でもない。

「春野さん」

呼ばれた以上返事をしなければ。わたしは「はい」と、顔を向けた。

そこにはしきりに吉瀬さんに秋波《しゅうは》を送っていた女性陣が揃《そろ》っていた。その後ろには男性が三人ほど。

「あのね、パーティの規約はわかってるんだけどね」

意味深に口もとを緩《ゆる》ませている彼女たちに促《うなが》され視線をやると、向こうに吉瀬さんの姿があった。こちらに背を向け電話をしている。

どうやら、彼を誘って二次会に行かないかということらしい。

主催の与《あずか》り知らないところでの遣《や》り取りはNGといっても、会場を出てしまえば目の届きようがなく、それこそ勝手に次へ流れていく。

しかしわたしは、話に乗る気はなかった。規約のこともあるし、サクラとしての都合上ゲスト参加者とはパーティ会場だけのつき合いにしている。

もし何かの弾《はず》みで身上調査されたら面倒この上ない。身バレしようものなら、〈プリマヴェーラ・リアン〉は社会的信用を失い、すべてが終わってしまうではないか。

「ねえ、二次会どうかしら？　彼も誘ってちょっと行かない？」

「すみません。わたしはもうここで失礼させていただこうかと。門限が十時なんです。今出ないとぎりぎりで」

これまでの経験から、そう言うと大抵の人が引き下がってくれることを知っていた。

「十時に門限って⁉　あなたいったい、いくつなの？」

時間は九時半に差しかかろうかというところ。彼女らは一様に「はぁ？」と、信じられないものを見たと言わんばかりにのけ反《ぞ》る。

ちなみに十時にしたのは、その時間に観たいドラマがあるからだった。今日は及川さんとスイーツを食べたらすぐ帰るつもりで家を出たので、録画予約をしていない。

「なんだ、そういうことなら――」

突然、わたしは後ろから伸びてきた腕に、肩を抱かれた。

「はい？　え？　あ、あの」

何事？　まさかこの声って――？

信じられない思いで見上げると、端整な横顔が目に入る。

やっぱり吉瀬さん⁉

驚いたのはわたしだけでなく、吉瀬さんに声をかけようとしていた彼女たちもだ。

「あの！　吉瀬さん、今から——」

「悪いね。僕は彼女を送って帰るよ。パーティ後の遣《や》り取りは駄目だってプリマの執事さんが言ってたからね」

プリマの執事さんって東馬さんのこと？

確かに、言い得て妙だ。祖母にずっと仕《つか》えてきた東馬さんは、それこそ我が家の執事だった。

「でも、せっかくの機会ですし」

「またね」

女性たちの一人が引き留めようとするけれど、吉瀬さんはにべもない。

そして、タイミング良くドアが開いたエレベーターに乗りこんでしまう。もちろん肩を抱かれているわたしも一緒だ。

ドアが閉まる瞬間、こちらに向けられた視線がとんでもなく怖かったが、見なかったことにした。

「離してください」

エレベーターは吉瀬さんとわたしの二人だけだ。

「ああ、ごめんごめん。けどそんなに警戒してほしくないなあ」

言いながら腕を離してくれたが、相変わらず吉瀬さんには、まったく悪びれた様子がない。

人を半《なか》ば強引に帰る理由にしておきながら、警戒するなはないだろう。

「僕としては助けたつもりなんだけど？」

「助けた？」

わたしはあからさまに目を眇《すが》め、横に立つ男を見上げる。

二次会に誘われて困っていたと思ったのだろうか。

「乱入してきた男、いただろ？」

「え？」

そう言われてわたしはドキリとする。

「あの男、追い出されても君を諦《あきら》めてなかったみたいなんだよね」

「どういうことですか？」

わたしの胸は嫌な感じに締めつけられ、鼓動《こどう》を速める。

「気づかなかった？　エレベーターの横に階段あっただろ？　そこにいたんだよ。パーティが終わるのずっと待ってたんだろうね」

「嘘……」

そんなこと、ちっとも気づかなかったけど。

わたしは、さーっと顔から血の気が引いていくのを感じた。もしそうなら、また絡《から》まれるところだった。ましてや家までつけられでもしたら……

「すごいね、あそこまでするって。よっぽど君のことが気に入ってるんだな」

「そんな」

わたしは眩暈《めまい》を覚える。

そうだ、化粧を落として元の姿に戻ろう。そうしたらあの男だって気づかないはずだ。

しかし、私服は会場の横のスタッフ控室。そこに行く途中で男に見つからないとは限らないし、見咎《みとが》められて素のわたしの姿を知られたら、公私ともにつき纏《まと》われることに——いや、反対に興味が失せるかもしれない。あの男は化粧しているわたしに執着しているようだから。

ただ、そうなったら、わたしの正体がバレてしまう。スタッフ控室で着替えをするなんて、一般参加者では考えられないことだ。

「おい、大丈夫か？　顔真っ青だぞ？」

「だ、大丈夫……です……」

そうだ。東馬さんに連絡して迎えに来てもらおう。みんなの前で言ってくれたではないか。何かあったらすぐに連絡を、って。こういう事態なら東馬さんを頼っても問題はないはずだ。

そんなことを考えているうちに、エレベーターは一階のロビーに着いた。わたしは吉瀬さんに寄り添われて、エレベーターを降りる。

「あっ」

「え？」

わたしはいきなり吉瀬さんに抱きこまれた。背中に壁が当たり、広い胸がわたしを隠すように立ちはだかる。

「階段で追いかけてきたみたいだ」

「ひっ」

わたしは恐怖で、吉瀬さんにしがみつく。

誰か、嘘だと言って……

喉《のど》から飛び出しそうになる悲鳴をぐっとこらえる。下手に声を上げて、目立ってしまうのはまずい。

「このまま出ていったら見つかるな。どうする？　パーティでのこともあるし、やっぱり警察かな」

「す、すみません、警察は……」

警察に連絡するのは大ごとすぎる。何より公《おおやけ》になって困るのは、こちらもだ。

親切で言ってくれた吉瀬さんに申し訳なくて、わたしは顔を伏せた。

これまでもパーティに出て、参加していた人に言い寄られた経験はあるけど、ここまでされたことはさすがになかった。

バチが当たったのだ。もうサクラなんて絶対しない。誰がなんと言おうと、もうもう絶対――

「――わかった。少しやり過ごそうか。君が出てこないとなれば、諦《あきら》めるかもしれないし」

わたしの態度から、吉瀬さんは何か察したようだ。そう提案してくれる。

「とはいえ、ここにいつまでも立っているわけにはいかないし、どこかで時間を潰《つぶ》そうか。他のパーティ参加者が来たら面倒だし……。ああ、そうだ。地下のカクテルバーへ行こう。ここのロビーラウンジじゃ隠れようがないからね」

確かに、すぐ近くにあるロビーラウンジは壁がなく、外から誰がいるか丸見えだった。このホテルのカクテルバーを利用したことはないが、きっとそういう心配はないのだろう。

「こっちだよ」

吉瀬さんが慣れた風にわたしの背中に手を回す。

こうして歩くわたしたちは、知らない人たちからすると、きっと週末の夜を楽しむカップルにしか見えないに違いない。

地下にあるバーでは出迎えた店の人に、吉瀬さんがあの男の風体《ふうてい》を伝えて、中に入れないようにしてくれと話をした。高級ホテルのスタッフは、こういったことにも応じてくれるらしい。

奥まった席に案内されると、吉瀬さんはホテルのオリジナルだというカクテルをオーダーした。

「大丈夫かい？　そろそろ十時だけど、門限はいいの？」

「あ、そ、そうですね。門限はあの場を断るための嘘だったので、いいんですけど……。あの、すみません。こんな面倒に巻きこんでしまって」

東馬さんに連絡をと思うのだが、わたしは男から逃《のが》れてここに来た安堵《あんど》から、いろんな気力が萎《な》えていた。ちらりとドラマのことが横切ったが、それもどうでもよくなっている。

「門限は君のような女の子ならいい理由になるな。……気にしなくていいよ。そのまま知らん顔するのは寝覚めが悪いからね」

目を細めて笑う吉瀬さんに、わたしはつい見惚《みほ》れた。

小さなグラスに注がれたカクテルが運ばれてくると、「こんなときに乾杯はないけど」と言って、吉瀬さんはグラスを掲《かか》げてから口をつける。わたしも彼の目を見ながらグラスを手に取った。

「あ、これ美味しい」

フルーティで口当たりが良く、軽めの炭酸が喉《のど》をすっきり通っていく。あの男に絡《から》まれるかもしれないという恐怖で喉《のど》が渇いていたわたしはつい一気に飲み干してしまった。

「口に合ったようだね。……同じものを」

吉瀬さんはすっと手を上げ、ウェイターに合図する。

本当に彼はどういった人なのだろう。

一杯目のカクテルを頼んだときの慣れた様子から、何度かこの店を利用している気がした。思い返すと、お店の人と話していたときも落ち着いていて、初めてという感じはしなかった。

それを確かめたいと思い、わたしは口を開く。ちょっとした話のきっかけのつもりだ。

「あの……、もしかして吉瀬さんは……」

「悪い。ここで名前を出さないでくれるかな？　このホテル、仕事で利用していて、たまに知り合いが来てたりするんだ。さっきのパーティのような関係者以外入ってこない会場ならいいけど、週末だし誰かに会ったら、ちょっとね」

「そういうことでしたら、わたしと一緒にいるのはまずいんじゃないですか？」

「だから人目につき難《にく》い席にしてもらったんだ」

そう言って、いたずらっぽく吉瀬さんは片目を瞑《つぶ》る。

慣れているように感じたのは、仕事で利用していたからだとわかった。

人にはそれぞれ何かしらの事情があるものだ。踏みこんではいけないラインは弁《わきま》えておかなければ、とわたしは詮索《せんさく》しないことにする。

「わかりました。……でしたら、なんとお呼びすればいいですか？」

しかし名なしでは呼び方に困ると思い、訊《き》いてみる。名字が駄目なら、当然下の名前も駄目だろう。

「名前さえ言わないでくれたらなんでも。『おい』でも、『お前』でも」

「えっ、それは……」

いくらなんでも、「おい」とか「お前」はないでしょう。

わたしは困惑気味に吉瀬さんを窺《うかが》った。彼はにこりと微笑む。

そこで、まだちゃんと礼を言っていなかったことに気づき、慌《あわ》てて口を開いた。

「あの、きつ、あ、いえ、——さっきは、ありがとうございました。いろいろ助けていただいて」

名前を呼んではいけないんだった、と口ごもりながら感謝の気持ちを伝えた。吉瀬さんの機転がなかったら、どうなっていたことやら。

「いやいや、役に立てて良かったよ。それで、今からなんだけど」

顔を覗《のぞ》きこむようにして言われ、ドキッとする。

図《はか》らずもムードたっぷりに照明を絞《しぼ》った店の雰囲気。その上、つい呷《あお》ってしまったカクテルでわたしはほんのり酔い出していた。それなのに吉瀬さんは、わたしが飲み干すたびに次のカクテルを注文してしまう。

まずい。理性が溶けかけている。

こういうときほど気を引き締めなければ。

わたしは、しっかりしろと自分に言い聞かせる。

「あの、ここで少し時間を潰《つぶ》したら、タクシー呼んで帰ります」

これ以上、吉瀬さんに迷惑をかけるわけにはいかない。ましてや酔っ払って醜態《しゅうたい》をさらすようなことになっては……

「僕は――いや俺は、今夜は君と過ごしたいと思っているんだけどな」

「は？」

何？　いきなり何、言われたの？

自分のことを「僕」から「俺」と言い直した吉瀬さんは、とんでもない爆弾発言を投下した。

わたしと今夜を過ごすって、どういう意味!?

わたしはあんぐりと口を開けたまま、瞬《まばた》きを数回、いや数十回した。

つまりそれって、大人の男と女、性的な意味で、ってこと？

そう思い至った途端、動揺する。それを意志の力で抑え、わたしはなんとか冷静を装《よそお》った。

清純ぶる気はないし、そういった誘いは初めてではないけれど、ここで言うことではないだろう。

こっちは気のない男に押しかけられ、さらには待ち伏せされて気分が悪いのに。

いや違う。わたしは今、吉瀬さんに裏切られた気がしてムカついたのだ。

結局、男とはそういうものなのか。助けてくれて良い人だと思ったのに、そういう機会を狙っていたなんて。

「君さ、結構感情が顔に出るよね。今は、『何言ってんだこいつ』かな？」

わたしの心の中を読んだように言う吉瀬さんは、変わらず笑みを浮かべていて、その表情にも態度にも悪びれた様子がない。

まったく、男ってどいつもこいつも……

「わかっていらっしゃるなら、話が早いです。一応うかがいますが、どうしてそうなるんですか？」

わたしはすっと背筋を伸ばし、カクテルを呷《あお》ると毅然《きぜん》と問い返した。

「君に一目惚《ひとめぼ》れしたといったら信じるかな？　遅れて行ったあのとき、思いきり怯《おび》えた顔した君が立っていたんだ。それを見た瞬間、俺は恋に堕《お》ちた」

「え？　は？　一目惚《ひとめぼ》れって……？　あのとき？」

頭の中に疑問符を飛び交わせながら、わたしは言われたことを脳内で反芻《はんすう》する。

入ってきた男を見てびっくりしたし、まずいとも思ったけど、怯《おび》えていたなんて――

もしかしたら、無意識にそんな顔をしてしまったのかもしれない。本当に驚いたし、正直言えば、怖かったのは事実だ。

「だから俺は、守ってあげたいと思った」

「そんな……。からかわないでください」

先ほどのムカつきはどこへ行ったのか、トクントクンと鼓動《こどう》が加速を始める。

さらに端整な顔をずいっと近づけられて、わたしは息を呑んだ。

どんなに素顔の自分を認めてくれる人でなければ恋をしないと思っていても、ときめきは止められない。

元々、吉瀬さんのことをちょっと良いかもと思っていたのだ。

だからこんなことを言われたら、ほわりほわりと心が揺れ出してしまう。

「からかってなんかないよ。あの番号を書くプレートに君の番号を書いたから、本当は連絡が来るのを待っていればいいんだろうけど」

「え……」

わたしは顔を僅《わず》かに引《ひ》き攣《つ》らせた。ナンバープレートには、誰の番号も書かずに返却している。

「その顔……、君は、俺の番号を書いてくれなかったのか？」

わたしはさらに目もとを強張《こわば》らせ、吉瀬さんの眼差《まなざ》しから逃《のが》れるように顔を伏せる。

「君の番号しか書かなかった俺には、このまま待っていても、プリマの執事さんからの連絡は来ないということか……」

確かに、そういうことになる。

それにしても、本当に、わたしの番号を書いてくれたというの？

「話してて、君も満更じゃなさそうだった。だからてっきり俺の番号を書いてくれたと思っていたよ。でも連絡をただ待っているのがもどかしくて」

わたしだってサクラという立場でなければ、吉瀬さんの番号を書いただろう。

吉瀬さんの声はどこか気落ちしているように聞こえ、わたしは申し訳なさで一杯になった。

今彼はどういう顔をしているのだろう。俯《うつむ》いているわたしにはわからないけれど……

わたしは、吉瀬さんの様子が気になり、おずおずと顔を上げた。

吉瀬さんは、それを待っていたかのようにわたしを見ると、ニヤリとどこか人の悪そうな笑みを浮かべた。

声音《こわね》と表情が違うでしょ、それ!?

わたしは思わず目を瞠《みは》る。けれど気づいてしまった。表情こそ笑っていても、吉瀬さんの目は、ゾクリとするほど真剣だ。

「俺は本気だ。良かったよ、声をかけられて。こういうパーティは初めてだし、実を言うとあまり期待してなかった。でも君がいた。本気で、君がほしいと思っている」

吉瀬さんの、まるで獲物を前にした肉食獣のような表情。それを見て、わたしの脳内に最大出力のアラートが鳴り響く。

ヤバい。マズい。このままでは――

それなのにどうしたことか、身の危険を感じながらも、わたしは魅入《みい》られたように吉瀬さんから目が逸《そ》らせなかった。

サクラだったという後ろめたさがそうさせるのだろうか。

気になっていた人にほしいと言われて、それこそ乙女のようにときめいてしまったのだろうか。

正直なところ、自分でもよくわからなくなっていた。

吉瀬さんは、肩を抱いてわたしを引き寄せると、お腹の奥をきゅんと痺《しび》れさせる声で囁《ささや》く。

「部屋を取っている」

「そ、そ、そんなことを言われても……」

蕩《とろ》けだした理性で辛《かろ》うじて抵抗しようとするも、わたしはか細い声を上げるのがやっとだ。

それでもどうにか、肩に回された吉瀬さんの腕を払いのけて立ち上がる。いや、立ち上がろうとした。

「あれ……？」

しかし腰を浮かせた途端、膝《ひざ》からスコンと力が抜けてしまい、わたしは再びソファに身を沈める。

「急に立つんじゃない。酔っ払いが」

「よ、よ、酔っ払って、なんて」

慌《あわ》てたわたしは、声が裏返ってしまう。

「それだけ飲んでおいてよく言うな」

「それだけって言われても……」

飲み干すたびにグラスは下げられてしまうので、何杯飲んだのか定かではない。わたしは気まずげに視線を泳がす。

「無防備なんだよな、君って。考えていることが顔に出るのもそうだけど」

「し、知りませんっ」

吉瀬さんは手を上げ、ウェイターに水を持ってこさせる。そして――

席が奥なのを良いことに！

ソファの背もたれが高く、通路から目隠しになるのを良いことに！

グラスの水を口に含んだ吉瀬さんは、なんとわたしに口づけて飲ませたのだ。

「だから、俺に任せなさい」

喉《のど》に流しこまれた水は、飲んでいたカクテルよりもずっと甘やかだった――

＊＊＊

「あ、ああん、もう……いやあ……」

結局わたしは、男に乞《こ》われるままにホテルの部屋へとついていってしまった。

ショーツを脱がされ、すぐに昂《たかぶ》った自身を入れられるのかと思っていたが、吉瀬さんは執拗《しつよう》だった。乳首から下肢《かし》に移った手は恥毛をかき分け、隠れていた秘芯《ひしん》を探《さぐ》りだして、愛撫《あいぶ》を始める。

女にとって敏感なそこを、彼は指の腹で乳首を弄《いじ》っていたときのように、撫《な》で擦《さす》って捏《こ》ねた。

「弄《いじ》れば弄《いじ》るほど、どんどん濡《ぬ》れてくる。お前、感じやすいんだな」

いつの間にか、「お前」と呼ばれていた。でも今のわたしには呼び方なんて気にする余裕はない。

「そ、んな、知らな……、ああ……、んんっ！」

言っているそばからわたしは喘《あえ》ぐ。

「ここ、どうなっているか教えてやろうか？　熟したイチゴみたいに赤くなってる」

「なっ……!?　このっ……変態っ!!」

つい想像したわたしは、恥ずかしくて顔を両手で覆《おお》った。まったくどういう例えをするのか、こんなことを言われたら、もうイチゴが食べられなくなりそうだ。

「ひゃあっ⁉」

わたしはいきなり脚《あし》の付け根をねっとりと柔らかいもので包まれ、これまでにない声を上げた。

「な……、何、を――っ⁉」

顔を覆《おお》った手を外して下腹部に目をやれば、そこに吉瀬さんの頭があった。

「あんまり可愛いからさ、ここ」

「やめっ、そ、そんな、とこっ、きたっ、な……、ああっ、な、舐《な》めないで……っ」

あまりの衝撃で、わたしは頭の中が真っ白になる。口でされるなんて初めてだ。指で弄《いじ》られるのだって、下着を濡《ぬ》らしてしまうほどの経験はなかった。

「やぁ、んあっ、んんっ」

指で摘《つま》まれたあと、飴玉を転がすようにねぶられて吸い上げられる。

彼は舌先を窄《すぼ》め、蜜《みつ》にまみれた秘芯《ひしん》を突いたかと思えば、すぐにねっとりと舐《な》め上げる。

わたしはたまらず、あられもない声を上げ、何度も腰を浮かせては沈んだ。

「ますますぷっくりしてきた」

「やぁん、息が……」

口をつけたまま喋《しゃべ》るから、吐息がかかってそれだけで感じてしまう。

やさしく触られるのは気持ちが良い。でも度を越して刺激が強くなると、愉悦《ゆえつ》を味わうどころではなくなってしまう。もう限界だった。

「おね、がっ、やめ、んんっ、あ、も、もう……そ……それ以上、弄《いじ》らないで……」

わたしは息を乱しながら、やめてほしいと懇願する。

これ以上は耐えられそうもなかった。このまま続けたら、自分がどうにかなってしまいそうで怖い。

吉瀬さんが体を起こした。一瞬願いを聞き入れてくれたのかと思ったが、これで終わるわけがないことは、わたしだってわかっていた。

彼は、ベッドのサイドテーブルに置いてあった小さなパッケージを手に取ると、ボクサーパンツを脱いで天を衝《つ》いている自身の昂《たかぶ》りに避妊具をかぶせる。

そうして準備を整えると、わたしの脚《あし》を左右に大きく割って腰を抱《かか》えた。

わたしは目を閉じる。しかし、来るはずの衝撃は一向に来ない。

「えっ……?」

わたしは蜜口をまさぐられるのを感じて、そっと目を開けた。

「こんなに濡《ぬ》れてたら、大丈夫かと思うが、一応念のためな」

溢《あふ》れる蜜《みつ》で濡《ぬ》れてぬるぬるになっていても、いきなり突き入れては負担になるだろうと思ってくれたらしい。肉裂の奥に沈めた指を抜き差しし、押し広げるように動いて膣壁を擦《こす》る。

彼が見せた些細《ささい》な気遣いが、変にわたしを戸惑《とまど》わせていた。一目惚《ひとめぼ》れしただの守ってあげたいだのと甘い言葉を並べても、所詮は抱き合うための口八丁《くちはっちょう》と心のどこかで疑っていたから。

おそらく吉瀬さんは本質的にやさしいのだ。困っている人を見過ごせない、そんな思いやりを持っている。

ストーカーまがいの男に絡《から》まれたわたしを、機転を利《き》かせて助けてくれた。そんな面倒なことになっている女など、巻きこまれるのはご免とスルーしても良かったのだ。

もし、吉瀬さんが本気でわたしとの交際を望んでいたら――

わたしはすべてを正直に話せるだろうか。

「どうした？　指じゃ物足りないのか？」

僅《わず》かに曇《くも》らせたわたしの表情から、彼は何か感じ取ったらしい。

さっきまでさんざん喘《あえ》いで乱れていたのに、急に甲高《かんだか》い声を上げなくなったから、そう思ったのかもしれない。

本当のことを答えようがないわたしは、吉瀬さんを見詰《みつ》めたあと黙って首を横に振る。

そんな態度をどう思ったのか、彼はわたしの顔を覗《のぞ》きこんだあと囁《ささや》くように告げた。

「まだもうちょっと我慢な。ぬるぬるだけど、お前の中、結構きついから」

言われるのとほぼ同時に、彼の指を呑みこんでいる膣口がさらに引《ひ》き攣《つ》れるのを感じた。指が増やされたのだろう。

彼の指は中でくにくにと動いて、かなり深いところまで掘り進めてくる。でも、乳首や秘芯《ひしん》を弄《いじ》られていたときほど強い快感はない。

それが――

「はぅっ!?　やっ、ああんっ!!」

腹側の膣壁を強く擦《こす》られたとき、何か言いようのない感覚が刺激され、わたしの体が跳《は》ねた。

「え？　な、何？　あ、ああっ!!」

何をされたのか理解できないまま、わたしは身に起きた変化におののいていた。

指で擦《こす》られたところが炎症を起こしたようにじんじんと痺《しび》れ、それが下肢《かし》に広がっていく。

「や、やめ……、い、いや……あっ!!　へ、へん……な、のっ、くる……!!」

「変なのってお前……。これが何かわからないのか？」

「そんなの、わかんなっ――!!」

言いながらもなおそこを指で押し擦《こす》る彼に、わたしは半泣きになって首を横に振った。

わかるわけがない。いったいなんなのだ、これは。

女の体には、奥に感じるところがあることは聞いていたが、ここがそうなのだろうか？

「……仕方ないな。指が三本呑みこめたから、慣らすのはもういいか」

吉瀬さんはどこか未練を残すように体を起こすと、ぬるっと指を抜いた。

膣口の引《ひ》き攣《つ》れる感覚がなくなったわたしは、ほぅっと息を吐く。あの変な感覚も不思議なことに落ち着いた。

「一息ついているようだが、入れるぞ？　俺もそろそろ限界だし」

「……ん」

今度こそ来るのだと、わたしは先ほどの余韻がまだ残っているのを感じながら、小さく頷《うなず》いた。

「つらかったら言ってくれ。善処はする」

吉瀬さんがわたしの腰を抱《かか》えて浮かせると、秘裂にぬぷりと昂《たかぶ》りの尖端《せんたん》を宛《あて》がった。そのままぐっと押しこむようにして、わたしの中に沈めていく。

「ああ……」

指よりもずっと質量のあるものが、周囲の肉を押し広げながらゆっくりと入ってくる。膣口がぎりぎりまで広がって、引《ひ》き攣《つ》れ感も半端《はんぱ》ない。

「んっ。……やっぱり、きつい、な。中がきゅうきゅう吸いついてくる。少し、緩《ゆる》められないか？」

彼は苦しいのか片頬《かたほお》を歪《ゆが》め、途切れがちに言う。

「そん……、ああ……っ」

中を緩《ゆる》める方法なんてあるのだろうか。少なくともわたしは知らない。そんなことを言うなら、この硬《かた》く張《は》り詰《つ》めたものをどうにかしてほしい。

「あ、あ……、ああ……、あっ、あっ、あ」

しかし言い返す余裕があるはずがなく、開かれていく感覚に震えながらわたしは喘《あえ》ぐしかなかった。

吉瀬さんはときおり小刻みに腰を動かし、自身の昂《たかぶ》りを揺らしつつ、ぐい、ぐい、と押しこむ。指が届くことのなかった深いところまで屹立《きつりつ》の尖端《せんたん》でずんと穿《うが》たれ、わたしは衝撃で息が詰《つ》まった。

「動くぞ」

「やっ……ま、待って……」

まだ少し、体が馴染《なじ》むまでの猶予《ゆうよ》がほしかった。

ようやく収められた男のものは、圧倒的な存在感でわたしの内部を押し広げ、昂《たかぶ》る熱でチリチリと周囲を焼いている。

こんな状態で動かれたら、どんな僅《わず》かな刺激でも悲鳴を上げてしまいそうだ。

「悪いが、待てない」

「で、でも、つ、つらかったら……い、言って、って……ああっ……」

彼が、さらに腰をねじこんだ。おかげでわたしの体はシーツを滑《すべ》ってずり上がる。

「できないこともある」

「なっ!? はあぁ……、んぁ、……ああ、あぁっ……ぁ……」

抗議をしようとしたものの、吉瀬さんに腰を揺らされ、口から出るのはいやらしいよがり声ばかり。

「ほら大丈夫だろ？　また濡《ぬ》れてきてるぞ」

「あ、ああ……、あぁ、んっ、んぁ……やぁ……ああ……」

彼に動かれたら耐えられないと思ったのに、欲熱の塊《かたまり》を咥《くわ》えこんだ体は、いっそう蜜《みつ》を溢《あふ》れさせたらしい。彼が突き入れるたび、ぐちゅり、ぐちゅ、ぐちゅん、と粘りを帯《お》びた水音を響かせる。

「くっ、ぬるぬるなのに締めつけてくる」

気持ちが良いのか彼は悦《えつ》に入った表情を浮かべ、わたしの中でさらに律動を刻み始めた。

「あ、ああ……、はぁ……ああ、ん、ん、あぁ……」

ずぶりと押しこんだかと思うと腰を引き、膣口の浅いところを昂《たかぶ》りの尖端《せんたん》で撫《な》で擦《こす》る。しばらくそんな抜き差しを繰り返していた。

わたしは、何か探《さぐ》るようなその動きに揺さぶられながら、快感をやり過ごす。

「この辺りだったかな……」

そう言って彼が慎重に腰を揺すった。昂《たかぶ》りを突き入れる角度が変わって、尖端《せんたん》がわたしの内壁を擦《こす》る。

その瞬間、自分でも思わぬほどの大声が出た。

「え……、あぁ!?　……あああっ、やぁ、あ、ああ、あああ——っ!!」

「当たりか？　その感じだと。指よりこっちのほうがイイらしいな」

そこが先ほど指で擦《こす》られた箇所だと教えられた。

「ああんっ、んあ——」

つんと突くように腰を使われ、わたしはまた一段と高い声を上げる。

「気持ちいいか？　そんなに腰を揺らして」

「んんっ……、あ、あん……、はあ、あ……はぁっ……」

喘《あえ》ぎながらでは舌がもつれてまともに喋《しゃべ》れず、上がるのは嬌声《きょうせい》ばかりだ。腰を揺らしていると吉瀬さんは言うが、自分には動かしているという意識がない。

ただ擦《こす》られるたびに甘い疼痛《とうつう》が広がり、このままではおかしくなると思った。

これはいったい何？

やっぱりここが、女が感じるイイところなの？

これまで膣中であまり感じたことがなかったわたしが、初めて覚える感覚だ。

困惑したわたしは、縋《すが》るように彼を見上げる。

「色っぽい顔するなよ。お前がもっとほしくなるだろ」

もっとほしいって――？　色っぽいなんて言われても困るのだけど……

どこかうっとりしたように掠《かす》れた声で言った吉瀬さんは、ニヤリと笑んで見せた。

そんな悪ぶった表情が、やんちゃな男の子のようだ。

「だったら……、奪って……」

何かが心の奥底に触れ、わたしは自分でも予想だにしなかったことを口にしていた。言ってから、自分の大胆さに驚いて身震いする。

「へえ――」

彼の眼差《まなざ》しが変わったように感じた。わたしの腰を抱《かか》えなおし、そろりと中のものを引いていく。

「あっ……」

わたしは咄嗟《とっさ》に追い縋《すが》ろうとしてしまう。

「抜きやしないから安心しろ。――望みどおり、今から奪ってやる」

宣言すると、彼はぬちゃりと音をさせながら奥まで押しこんだ。

そのときの表情が、今日一番悪そうなもので、わたしはごくりと喉《のど》を鳴《な》らす。

彼の動きは徐々《じょじょ》に速さと執拗《しつよう》さを増し、大きくうねる。肉の熱棒でがつんがつんとわたしの中を、奥を手前を、左右も縦横も、届くところはすべてかき回して暴れた。

「や、あ、ああ……、あっ、あ、あ……」

「くうっ、たまらないな」

彼は感嘆めいた呻《うめ》き声を漏《も》らすと、最奥の肉壁を突き破らんばかりの勢いでさらに激しく打ちつける。

わたしは、喉《のど》から迸《ほとばし》る嬌声《きょうせい》を止められず、揺さぶられるまま声を上げ続けた。熱く滾《たぎ》る情欲の昂《たかぶ》りに攻められ、翻弄《ほんろう》されていく。

「あっ！　あっ、あっ、ああ――っ!!」

そしてついには、解き放たれたように真っ白い世界に包まれた――

2　うちの会社には王子が二人いる？

わたしの勤め先である〈江杏堂〉の本社ビルは、商業施設街の端にある。一階に店舗と喫茶、二階が物流部と倉庫。三階は、新製品開発のための器材を揃《そろ》えた調理室と製造企画部。四階が営業部で、五階には総務部と役員室があった。工場は本社とはまた別のところにある。

わたしは部内朝礼のあと、焦《あせ》る気持ちを抑えつつ四階フロアの隅《すみ》にあるコピー機に向かった。これから始まる営業会議の資料のコピーを頼まれていたことを、すっかり失念していたのだ。

「何やってんだろ、わたし」

吸いこんだ息をそのまま吐き出すと、項垂《うなだ》れる。

わたしはこの一週間、かつてない悔恨に苛《さいな》まれていた。理由はもちろんあれだ。会ったばかりの男と関係を持ってしまったこと。自分がこんなにも軽い女だったとは思わなかった。

そりゃ、あの男の見目は良かった。話し方も仕草もスマートで、じっと見詰《みつ》められたらもうどきどきそわそわ、ときめかない女子はいないっていうくらいのイケメンだ。

だからって、ほいほいついて行っちゃうって、どうなのだ。男がそういう目的だったのはわかっていたじゃないか。あのときはアルコールを飲んでいたし、ちょっと心神喪失《しんしんそうしつ》中で冷静な判断ができなかったとか、気が昂《たかぶ》っていたとか言い訳できるものならしたい。

その上、プライベートの失敗を仕事にまで影響させてしまうのは、いかがなものだろう。あれ以来、ゴミ箱に躓《つまず》いて周囲にゴミをばら撒《ま》いたり、通勤定期を忘れたり、ミスを連発しているのがなんとも情けない。

「はあ……」

わたしは、トレイに排出される用紙を見ながら、もう何度目なのかわからない溜《た》め息をつく。どんなに嘆《なげ》いても、事実は消えないし、すべて自分が招いたことだとわかっている。

もう忘れよう、考えるんじゃないと強く思えば思うほど、彼のことを思い出してしまうし、あの夜経験したことをなぞってしまうのだ。

耳に心地よく響く彼の声。庇《かば》うように背中に手を回されたときの温《ぬく》もり。触れた唇の柔らかさと舌を搦《から》めとられて吸われる息の苦しさ。彼に胸の膨《ふく》らみを触れられ、尖端《せんたん》の突起をすり潰《つぶ》さんばかりに捏《こ》ねられて。それから、わたしの中に――……。

ちょっと思い出しただけで、どきどきと鼓動《こどう》が速くなってしまう。

だって、初めてだったのだ。セックスであんなに我を忘れるほど感じてしまったのは。挙句の果てには、彼の熱情に翻弄《ほんろう》され、もっとほしいと求めていた。

そんなわたしに応えてか、彼は体がバラバラになるほどの激しさで突き上げ揺さぶった。わたしはこれまで経験したことのない快感にさらに乱れて、それが女の悦《よろこ》びなのだと知ったのだ。

まったく、会ったばかりの男とそんなことになるなんて。体の関係は互いに想いを重ねてから、というわたしの倫理観が全否定ではないか。

それに、彼はわたしを好きになったようなことを話していたが、場の雰囲気に流されただけに違いない。

その証拠が、金だ。

事《こと》を終え、ふらつきながらもシャワーを浴《あ》びてわたしが部屋に戻ると、彼に金を突きつけられた。タクシー代にしろと言っていたが、何を意味する金なのか理解できないほどわたしは世間知らずではない。一夜限りの遊びの報酬だ。

そのときのショックは大きかった。なんだかんだと彼には好感を持ち、惹《ひ》かれていたのだ。だから、金でどうにかできる女だと思われたのが悔しくて腹立たしくて、気づいたときには手でそれを払いのけ部屋を飛び出していた。

だけどあのお金を受け取っていたら、そういう一度限りの関係だったと割り切れたかも。こんなに引きずらずに済んだ気もする。

そう思う傍《かたわ》ら、胸の奥がちくんとしてしまう。なんなのだ、これは。

忘れてはいけないという戒《いまし》め？　むやみに男に気を許してはいけないと……

「あー、古池さん、いたー」

「えっ？　あっ」

不意に後ろから二つ年上の先輩、及川さんに声をかけられ、わたしははたと我に返る。

壁の時計を見ると、会議開始まであと八分と迫《せま》っていた。慌《あわ》てて止まっていたコピー機に次の原稿をセットすると、スタートボタンを押す。

ぼんやりしすぎだ。ただでさえぎりぎりなのに、こんなことで時間を取られてしまうなんて。これでは会議に間に合わないではないか。

「課長が呼んでるわ。すぐに来てくれって」

「でもわたし、まだコピーが終わってなくて。会議に必要なのに」

わたしはガーガーと排出される用紙を手に取り、既《すで》に終わっていた分に重ねていく。

「会議は午後に変更だって」

及川さんが小さく肩を竦《すく》めた。その拍子に緩《ゆる》めのウェーブがかかった髪が、ふわりと揺れる。髪を一つに纏《まと》めているわたしとは違い、とても可愛らしい。

「午後に変更ですか？」

すぐには信じられない思いでわたしは訊《き》き返した。

まさかコピーが遅いから時間変更を余儀なくされて……なんてことはないと思うが、珍しい。定例会議なので、ほとんどの営業が会議のあと商談に出かける予定を組んでいる。それなのに時間の変更をするなんて、よっぽど優先しなければならないことが出てきたのだろうか。

「さっき会った製造企画部の同期が言ってたんだけど、朝から上、すっごいバタバタしてるんだって」

「バタバタ？」

上と言うのは、五階の総務部だ。役員室の可能性もあるが、両者とも営業の会議には関係ない気がするのだけど。

「どうも二の王子絡《がら》みみたい。その影響で会議が午後からになったようよ」

「えっ、そうなんですか？」

うちの会社には社長の孫である御曹司、通称「王子」が二人いる。彼らは従兄弟同士《いとこどうし》で、江原《えはら》社長の二人の娘をそれぞれ母に持つ。

一の王子、森里深紘《もりさとみひろ》氏は姉の子で、専務の森里氏が父親だ。営業部を経《へ》て製造企画部で製品企画課長の職に就《つ》いており、新製品の開発に心血を注いでいる。そんな仕事熱心さゆえか生真面目《きまじめ》な元来の性格ゆえか、御年三十四歳ながら一向に浮いた話がなく、独身。本当か嘘か知らないけれど、女性とつき合ったこともないという。陰ではゲイではないかとの噂《うわさ》もあるらしい。しかし周囲の人望は厚く、社長の跡を継ぐのは深紘氏だと目《もく》されていた。

そして既《すで》に他界している妹のほうを母に持つのが二の王子、明島裕典《あきしまゆうすけ》氏だ。二十七歳でこちらも独身。彼についてあまり良い話は聞かない。それというのも母を亡くした裕典氏を不憫《ふびん》に思った社長に猫可愛がりされていて、我がままなのだそうだ。会社運営にも口出しするとかしないとか、深紘氏の父で伯父の専務も困っているとかいないとか。その上、女性の影が絶えないらしい。

母親を亡くしている裕典氏には同情はするけれど、それとこれとは別だろう。

「でも、二の王子って、なんで……」

「んー、その子が言うには、なんかね、二の王子のために新部署を設立するんだって。ずっと社長秘書をやってたのに、社長の鶴の一声で部署を持たせることになったらしいの。一の王子はいつもどおり、〈製造企画部〉の調理室にこもってるらしいけど」

「——新部署って、何をするんですかね？」

内容まではわからないと及川さんはまた肩を竦《すく》めた。

わたしはふと工場勤務時代に古参のパートさんから聞いた話を思い出す。後継者候補として一の王子が本社で確かな役職に就《つ》いているのに、社長秘書というだけで役職もない二の王子は焦《あせ》っているらしいというものだ。

まさかそれで新部署を？　今のままでは深紘氏に大きく水をあけられているから？

なんてはた迷惑な話だ。我がまま御曹司のお守《も》りは大変だろうと上の人たちに同情する。

「ねえ、あともうそれをコピーしたら終わりなんでしょ？　私がやっておくから、古池さんは行って。課長、なんかすごく難しそうな顔してたから」

及川さんは、いつもながら面倒見良く言う。

これでなぜ彼氏がいないのか不思議だ。彼女とは食べ物の好みが似ていることもあり退社後、スイーツなど美味しいものを楽しむシングル同士だった。もっともわたしにつき合ってくれているだけなのかもしれないけれど。

「わかりました。すみませんがよろしくお願いします」

先輩に押しつけるようで申し訳なく思ったが、ここはお言葉に甘えることにする。

わたしは及川さんに頭を下げると、課長のもとに急いだ。

同じフロアだと言っても、コピー機があるここから課長の席までは割と距離がある。わたしはゴミ箱を蹴《け》っ飛ばさないように注意しながら、早足で向かう。

「課長、お呼びでしょうか」

わたしがそう言って机の前に立つと、課長が顔を上げた。なるほど及川さんが言ったとおり、気鬱《きうつ》そうな表情をしている。

「古池さん。突然だが、辞令だ。今日をもって君は総務部の〈広報メディア企画課〉に異動だ」

「え……」

いきなりの話に面食《めんく》らったわたしは言葉を失った。

〈広報メディア企画課〉なんていう部署は、今初めて聞いたけれど——これって、二の王子が絡《から》んでいる例の新部署？　一度にいくつも新設はしないだろうから、間違いないだろう。

「今からそっちに行ってくれ」

「今からって、そんな急な話、あるんですか？」

続いた課長の言葉に我に返ったわたしは、思わず訊《き》き返していた。

営業に来てまだ半年しか経《た》っていないのに、異動だなんて。だいたいこういう話はもっと事前に内示というか、何かしらあるものではないのか。今言われてそっちに行けって、どれだけ切羽詰《せっぱつ》まった話だ。普通だったら、仕事の引き継ぎもあるのに。

と言っても、悲しいかな、わたしが任されている仕事は、電話番だったり伝票作成だったりと営業をフォローする事務業務ばかりだ。先ほどのコピー取りのように、誰かに代わってもらっても差《さ》し支《つか》えはない。

そもそも〈広報メディア企画課〉って具体的には何をするための課なんだろう？　お客様への対

外的な窓口は、既《すで》に〈営業企画課〉として営業部内にある。企画の文字をつければ良いってものではないだろう。それも総務部。

「……指名なんだよ。古池さんをどうしてもと、言われてね」

「わたしをですか？」

指名と言われたわたしは、ついきょとんとした。

いったい誰が指名を？

本社ではなくずっと工場にいたこともあり、わたしのことがそんなに知られているとは思えない。おそらくは本社勤務の新人と大差ないだろう。

指名とは名ばかりで、新設の部署に部下がいないのは格好がつかないからと、適当に見繕《みつくろ》われたのかもしれない。急に異動させても一番差《さ》し障《さわ》りがない人間として。

「僕もさっき連絡をもらったばかりで、詳しいことは聞いていないんだ。君はきちんと挨拶できるし勤務態度もいい。嫌な顔せずになんでもやってくれるからね。本当はこのまま営業にいてほしいんだが」

だったらどうして断ってくれなかったのだろう。わたしだって、いずれは担当を持ち、自社の商品を売りこんでいきたいという野望があったのだ。少し恨みたくなってしまう。

課長は、机の上の用紙をわたしに向けた。それには自分の名前と異動先の〈広報メディア企画課〉が書かれている。この話が覆《くつがえ》らないという証《あかし》だ。

「――わかりました」

辞令を受け取ったわたしは、課長に頭を下げて自分の席に戻る。ひとまず座って大きく溜《た》め息をつくと、周囲の同僚たちが気の毒そうな目を向けているのに気づいた。

課長と話す声が聞こえていたのだろう、どう声をかけるべきか戸惑《とまど》っているように見える。

そんな目に見守られる中、わたしは仕方なく私物を纏《まと》め始める。といっても、個人で買った筆記具の類《たぐい》だけなので、簡単に終わってしまった。それだけの時間しかこの部署で過ごしていないのだと言われているようで、物悲しくなってくる。

せっかく営業になったのに、これからだと思っていたのに……

工場の事務からこの営業部に異動したときのやる気一杯の気持ちとは、まったく正反対だ。なんだかいいように振り回されているみたいで胸の奥がムカムカする。プライベートでも嫌なことがあったばかりなのに、これでは泣きっ面《つら》に蜂《はち》ではないか。余程、運に見放されてしまったのか……

「どうしたの？　古池さん、荷物なんか纏《まと》めちゃって」

コピーを取った用紙の束を抱《かか》えて戻ってきた及川さんに声をかけられる。彼女はコピー機のところにいたから、まだ私の異動を知らないのだ。

「及川さん……、わたし〈広報メディア企画課〉に異動なんだそうです。短い間でしたけどお世話になりました」

及川さんの顔を見たら、ぐっと胸が詰《つ》まって泣きそうになった。

「え？　なんなの異動って。〈広報メディア企画課〉って、まさか……？」

ちょうど新部署の話をコピー機の近くでしていたこともあり、彼女は驚いた顔になった。

「今、課長に言われたんです。そこに行くようにって」

「行くようにって――。それ、どこにあるの？」

「総務だと言われました」

わたしは、できるだけ悲壮感が漂《ただよ》わないように、明るく答えた。

会社勤めである以上、こんな話はよくあること、指名されたのだから何かわたしに期待するものがあってのことなのだ、と前向きに考える。たとえ適当に見繕《みつくろ》われただけだとしても、そう思わないとやっていられない。

「……わかった。いきなりの話で驚いたけど、頑張って。またケーキや美味しいもの食べに行こうね」

「はい」

残念そうに言う及川さんに笑顔を向け、わたしは名残惜《なごりお》しくも営業部をあとにしたのだった。


どうせ異動するなら一の王子、深紘氏のいる〈製造企画課〉ならよかったのに。

別に玉《たま》の輿《こし》願望があるわけではない。新しいものを考えるのは嫌いじゃないし、もし自分が考案した菓子が世に出て、手にした人に喜んでもらえたら嬉しい。そんな純粋な気持ちでだ。

営業を希望したのは、商品を通していろんな縁に華を添えられると思ったから。

〈江杏堂〉の商品はお中元お歳暮に加えて、ウェディング市場でも引き出物として使われている。

これも縁に華を添える一つの形だ。

きっとわたしの根っこの部分は、良縁を取り持つことを生き甲斐《がい》にしていた祖母の血をしっかり受け継いでいるのだろう。

だから、〈広報メディア企画課〉に期待する気持ちもなくはない。広報とつくくらいだから、何か新しいお客様との縁をつくる業務ができるに違いない。ただし、良い噂《うわさ》のない二の王子絡《がら》みでなければの話だ。

営業部を出たわたしは、軽やかとはほど遠い足取りで総務部に向かった。フロアを一つ上がるだけだし、省エネとダイエットのため、エレベーター脇の階段を使う。

しかし、階段を上がるにつれ、階段の片側に積まれた段ボールの箱が気になり出した。こんな荷物、先週はなかったはずだ。

いったいどこにあったものなのだろう。

こんなに積み上げるのは見場《みば》が悪い。総務部のある五階には役員室があるし、この階段を客が使わないとは限らないのだ。何より非常時の避難経路に物を積むのは、危険なことだ。

だが、階段を上がり切ったとき、この荷物の理由がわかった。

総務部の手前にある倉庫から、中のものを運び出していたのだ。どうやら運び出した荷物を一時的に階段に置いていたらしい。通りすがりに開け放たれたドアへ目をやると、〈広報メディア企画課〉と書いた用紙が貼《は》られている。

と、言うことは——ここが、わたしが異動となった部署!?

わたしは口をぽかんと開けたまま立ち止まる。

辞令も急なら、部屋も急ごしらえ。いったいどれだけ切羽詰《せっぱつ》まっているの⁉

「君、手が空《あ》いているなら荷物を運び出すのを手伝いなさい」

いきなり責めるような口調で言われたわたしは、びくっと肩を竦《すく》ませた。

「は、はい」

女子社員の制服はみんな同じだから、総務の人間だと思われたに違いない。今日から総務部の〈広報メディア企画課〉に異動になったのだから間違いではないけれど。

いったい誰に言われたのだろうと声がしたほうを向くと、見たことのない男性が立っていた。

まさか、彼が二の王子⁉

男はすらりとした長身で、神経質そうに眉間に皺《しわ》を寄せ、シルバーメタルフレームの眼鏡をかけている。そのレンズ越しの眼差《まなざ》しは少し……いやかなりきつい。

「何を突っ立っている。君は総務部ではないのか？」

眇《すが》めた目で怪訝《けげん》そうに見られたわたしは、ここで臆《おく》してはいけないと自分を奮い立たせる。まずは挨拶しなければ。

「〈広報メディア企画課〉に行くように言われました。古池梓沙です」

「古池……、君が……、地味だな」

地味？　事実とはいえ、初対面で口にするってどうなの⁉

わたしの場合、あえてそうしている面もあるのだから言われても仕方がないとは思う。今日だって、色目を抑えたブラウン系のアイシャドウをぼかしただけで、ほとんど素に近い。

こちらにちらちら目をやりながら荷物を運び出している総務部の女子社員たちを見ると、これから遊びにでも行くのかと思うほどきっちりしたフルメイクだ。そんな彼女たちに比べたら、確かに地味。

だがこれがわたしの会社でのスタイルだ。職場で華美に装《よそお》う必要はない。

「わかった。君はそこの倉庫――いや、〈広報メディア企画課〉で待っていなさい。今、裕典さんを呼んでくるから」

「え……？」

裕典さんと言われ、すぐに浮かんだのは二の王子、明島裕典氏だ。つまり、この場を仕切っているこの人は、その王子ではない。いったい――？

そこで思い出したのは、社長の江原氏の秘書が裕典氏の他にもう一人いることだ。

もしかしてその人だったりする？

先ほどからの偉そうな態度といい、きっとそうに違いない。

この人の指示に従ったほうが良いだろうと判断したわたしは、元倉庫の〈広報メディア企画課〉の中に入ることにした。

開け放ったドアから中へ足を踏み入れると、そこには真新しい簡易応接セット、窓際《まどぎわ》には両袖に引き出しのついた事務机が置いてあった。その机の上には電話とデスクトップパソコンがあり、まるでスモールオフィスのようだ。ドアの横には段ボール箱が積み上げられているが、これは外に運び出されるもののようだ。

「何、あなた。そんなところに立ってたら邪魔よ」

「す、すみませんっ！」

後ろから声がして、わたしは急いで脇にずれた。中に入ってきた総務の女子社員たちが胡散臭《うさんくさ》そうな顔でわたしを見る。

「誰、あなた。見ない顔ね」

その中の一人が、わたしを値踏みするように眉を顰《ひそ》める。彼女はまた一段と濃い化粧で、蓋《ふた》のない香水瓶をポケットにでも入れているのかと思うほど、甘い香りを放っていた。

おそらく雰囲気からして、この人が総務部女子のトップなのだろう。

「わたしは――」

だから態度に気をつけて、今日からここに異動になったと彼女に言おうとした――のだが、後ろから聞こえた声に身が硬《かた》くなる。

「わお、きれいに片づいたね。さすが、総務の女の子だ。ゴメンね？　忙しいのにこんな仕事頼んじゃって」

語尾にハートマークが見えそうなほど甘い口調で話し、すたすたと前を横切る長身の男。

「い、いえ、とんでもないです」

わたしを睨《にら》むように見ていた女子社員が、はにかんだ表情になり男を目で追う。声も確実に一オクターブは上がっている。厚塗りしたファンデーションの下では、顔を赤らめているのだろう。

わたしは、身じろぎできないまま表情をなくす。

だってそこにいたのは、わたしをずっと悩ませている吉瀬と名乗った彼だったのだから——……どうしてここにいるの⁉　そう声を上げてしまいそうになったが、喉《のど》がカラカラになって唇を震わせることしかできない。今、自分が目にしている光景が信じられず、いっそ夢であってほしいくらいだ。そんなわけのわからない心理が働いて、立っているのがやっとの状態だった。

「最初見たときどうなるかと思ったけど、本当に良かった。あとはこちらでするからもう自分の仕事に戻っていいよ」

部屋の中ほどまで進んだ男は、片づけをしていた女子社員たちをゆっくりと順番に見ていく。目が合うと笑みを浮かべて頷《うなず》くというオプションもつけて。

「ここの片づけのせいで、君たちの仕事が遅れたなんてことになったら困るからね。本業もしっかり頼むよ。期待してる。ね？」

「わかりました。何かご用のときはお声をかけてください。隣ですので……」

わたしの前にいた女子社員がほわんとした眼差《まなざ》しで答え、一礼して出ていく。それを合図に、他の女子も男に見惚《みほ》れながら部屋の外へ出て行った。

「明島課長、では我々もこの辺で」

「わからないことがあれば、なんでも言ってください」

後ろから二人の男の声がした。わたしは戸口に背を向けたままなので顔は見えないが、一つは毎朝聞いているものなので、誰だかすぐにわかる。元上司である営業部長だ。ということはもう一つはおそらく総務部長——つまり新しい上司となる。

「営業部長にはこちらの我がままを聞いていただき、ありがとうございます。総務部長、これからよろしくお願いします」

そしてこれから新たな直属の上司となるのは、先ほどから甘ったるい口調で話すこの男。二の王子、明島裕典氏。見るからに質の良いスーツをぱりっと着こなし、物腰は柔らか――むしろ軟《やわ》らかで、噂《うわさ》どおりの軟派野郎だ、こんちくしょう。

「裕典さん、私もこれで失礼します。それから彼女が古池梓沙さんです」

この声は、先ほどわたしを地味と言った眼鏡の男。

「わかった、彼女ね。吉瀬もありがとう」

「はい。では」

えっ⁉ 今、なんて――⁉ き、き、きっ――⁉

耳に聞こえた名前が、わたしの頭の中の混乱に拍車をかける。

パタンとドアの閉まる音がし、部屋にいるのは二の王子とわたしだけになった。

「古池さん？ 急な話で驚いているとは思うけど」

王子、裕典氏がわたしの前に立った。

どう見ても、どう聞いても、姿と声は間違いようのないもので――

まったくなんてことだ。どうして気づかなかった、わたし。まさか関係を持ってしまった男が、自分の会社の御曹司だったなんて。本社の営業に来てからまだ半年とはいえ、役員室のあるフロアとは一階違いなのに。

どうりで、前に会った気がするはずだ。

基本わたしは、出社したら滅多に営業部のフロアから出ない。だが同じ会社なのだから、何かのときに見かけて頭の片隅《かたすみ》で憶えていたのだろう。

ああ、駄目だ。そんなことよりも、もう感情のストッパーが振り切れそう。

「これから一緒に頼むね。一応、一ヵ月前に人事の話は各部長にしていたし、部署のことも伝えていたんだけど、ちょっと手違いがあったみたいで――」

なんだ、その話は⁉　初めて聞く。一ヵ月前に人事？

さらに感情が昂《たかぶ》り、会社だとかプライベートだとかの意識は吹き飛んで塵《ちり》と化した。

一ヵ月前に人事の話が出たなら、彼がわたしのことを事前に知っていたのではないかと思ったのだ。最初から知っていて、実家の〈プリマヴェーラ・リアン〉が主催するお見合いパーティに何食わぬ顔で、それも偽名で参加した。その上わたしと――……

「だ……」

わたしは拳をぎゅっと握ると首を小さく振る。荒くなった息のまま震える唇から声を絞《しぼ》り出した。

「だ？」

裕輔氏は怪訝《けげん》な顔をする。

「だ……だ……」

「どうしたのかな？　『だ』って――」

「騙《だま》したのねっ⁉　わたしをっ‼」

裕典氏は、わたしが投げつけた言葉に面食《めんく》らったらしく、意味がわからないという顔になった。

「騙《だま》すって、人聞きの悪い。いきなり今日聞いたんじゃ驚くのも無理はないと思うが……」

「違いますっ!! そんなことじゃないですっ!!」

「そんなことじゃないって――あれっ？ その声……!?」

裕典氏の表情がみるみる強張《こわば》って色を失っていく。

「そっちこそ、騙《だま》したのか!?」

間違いなく、互いがあの日の相手だったと認識した瞬間だった。

「裕典さん、何騒いでいるんですか？ この部屋、防音ではないですからね。外まで聞こえてますよ」

軽いノックの音と共にドアが開き、眼鏡の長身――吉瀬氏が顔を出す。もちろん彼はわたしの知っている吉瀬と名乗った男ではない。

この人にも訊《き》いておきたかった。そもそも裕典氏が彼の名前を使ったことを知っているのか。

「あのっ!! きっ……はぐっ!?」

全部言い終わる前に、横から伸びてきた大きな手で口を塞《ふさ》がれる。誰の手って、当然、前に立っていた裕典氏のものだ。

「わかった。気をつける。やっぱり急なことで彼女、気が昂《たかぶ》っているみたいだ。なんでもないから」

目もとを軽く引《ひ》き攣《つ》らせた裕典氏が答える。

「……なんでもないって。裕典さん？」

「大丈夫だって。吉瀬も忙しいだろ？　ここまでやってもらえば、あとは自分でできるから、ね？」

この状況でよく言う。

そう思ったのは、わたしだけでないようだ。吉瀬氏も胡乱《うろん》げな眼差《まなざ》しで眉を顰《ひそ》めた。

「……わかりました。今はその言葉を信じるとしましょう。くれぐれもこれ以上の面倒は起こさないでくださいね」

「ああ、わかってるって。だから吉瀬も、もう社長のところに戻れよ」

「はい。では」

裕典氏にそう言われた吉瀬氏は、眉間の皺《しわ》はそのままに一礼すると、再び出ていった。

あとに残されたわたしは、ドアの閉まる音と共に、口を塞《ふさ》いでいた男の手を引き剥《は》がす。

「なんなんですかっ!?」

「待て！　吉瀬も言っただろ。この部屋は防音になっていない。大きな声を出すと、隣の総務部に丸聞こえになる」

「それは困るだろ？」と言われ、確かに変に波風が立つのは困ると思い直す。相手は二の王子だ。考えるまでもなく、平社員のわたしのほうが立場は弱い。下手なことをしてクビにでもなったら目も当てられなかった。

それと言うのも、実家の〈プリマヴェーラ・リアン〉は赤字経営。ここでもらうわたしの給料は、弟妹の学費を始めとした生活費に貢献しているのだ。

「……ではわかるように説明してください」

わたしは深呼吸を数回し、引《ひ》き攣《つ》る顔をどうにか宥《なだ》めた。

「ああ。俺も説明が聞きたい……ちょっと座ろうか。立ったままというのもなんだし」

わたしは勧められるまま応接セットのソファに腰を下ろした。裕典氏はわたしの正面のソファに座る。

「この部署で唯一の部下となるお前のことは、少し調べさせた。だがさすがに〈プリマヴェーラ・リアン〉の令嬢が、主催するパーティに名前を変えて参加しているなんて話は上がってこなかったぞ」

そう切り出した裕典氏に、わたしはドキリとする。さっき「騙《だま》したのねっ⁉」と叫んだことを後悔し始めていた。

どうしてあと一歩考えが回らなかったのだろう。実家を知られているところまでは仕方がないにしても、その主催するパーティにわたしが出ているのなんてわかるはずがなかったのだ。

それなのに自らバラしてしまうとは。彼がわたしの声を憶えているとは限らない。態度に気をつけていたら、隠し通せたかもしれないのに。

「家業を手伝っているだけです。子供が家の仕事を手伝うのはよくある話でしょ。それにそういう場ならいろんな方に出会えますし、見聞《けんぶん》を広めるというか……」

先ほど彼に食ってかかった勢いはどこへやら、わたし自身後ろめたく思っているので、取ってつけたような言い訳になる。

「家業の手伝いには違いないし、確かに見聞《けんぶん》を広めることはできそうだな。だが一般参加者の振りってどうなんだ?」

「う、うちもいろいろあるんです」

やっぱりそこを突いてくるかと、わたしは窺《うかが》うように裕典氏を見る。

「へえ、いろいろ?」

疑わしげな目を向けてくる裕典氏に、誤魔化せそうもないと観念したわたしは、不本意だが手短に事情を話す。要はサクラだけど、手段はともかくすべて家のためにしていたことはわかってほしかった。

結婚相談所は、会員となってくれる人が集まらないことには経営が立ちゆかなくなる。同業社で作る組合に入っていても、うちのような個人の会社は大手の台頭で経営が芳《かんば》しくない。だから、まずは出会いのきっかけとなるお見合いパーティを成功させなければいけないのだと説明する。加えて参加者としてパーティに出ていると、会場スタッフではどうしても目の届き難《にく》い場面でも、早めに対応することができるのだと訴える。

これで納得してくれるか、不安はあるのだけど。

「主催会社の令嬢がサクラとして陰のスタッフを、ね。確かに今にして思うと、イイ感じで振る舞っていたな。目立ちすぎもせず、さりげなく。そこのところが、他の女と違ってがつがつしてなくて良かったんだが」

「がつがつって……、否定はしませんけど皆さん、生涯のパートナーを探しにいらしてるわけですから、自分の気持ちに正直なだけだと思いますよ」

「で、パーティ後は主催に内緒で二次会とかな。案内状に記載された規約には禁止とあったが、あれ守ってるほうが少ないんじゃないか？」

「……わたしに言われてもわかりません。でも書いておかないと、何かあったとき会社として責任持てませんから」

わたしは下手に感情を滲《にじ》ませないように言葉を選びながら答える。

「ま、女なんて玉《たま》の輿《こし》に乗れれば結婚相手は誰でもいいと思っているんだろうが——」

「玉《たま》の輿《こし》とか、すべての女性がそうだと決めつけないでくれませんか？　周りの女性がそういう方ばかりなのかもしれませんけど」

どこか挑発するように、口もとに笑みを乗せた裕典氏の顔つきに少しムカついた。

玉《たま》の輿《こし》狙いの女性がいることは、わたしも否定はしない。社会的地位や財力に価値を見出して、相手を探している人が〈プリマヴェーラ・リアン〉の会員にもいる。

でもそうじゃない人もいるのだ。純粋に幸せになりたいと願う人たちまでひっくるめてほしくない。

「自分は違うと言いたげだな」

「ええ、違います。わたしはどういう出会いをしたとしても、結婚へは恋愛からだと思っています。愛し愛され、どんなに貧乏になったとしても生涯パートナーと幸せで円満な家庭を築《きず》きたいんです」

すると、裕典氏は意外そうな顔をした。

「恋愛結婚って、実家が結婚相談所なら、もっとさばけた考えなのかと思ったが……。なあ、春野敦子さん」

「……わたしの名は古池です。吉瀬さん」

とどめのように偽名で呼ばれたわたしは平静を装《よそお》うものの、あえて裕典氏が使った偽名で返した。意趣返しだ。混乱と苛立《いらだ》ちとで、気が昂《たかぶ》っていることは否《いな》めない。

「あー、もうその名はやめてくれ。吉瀬は社長秘書なんだ。誰かに聞かれて誤解されたら困る」

偽名を使ったのは後ろ暗いのか、裕典氏はひくりと片目を細めた。

先ほどの短い遣《や》り取りからそんな気はしていたが、やはり吉瀬氏は社長秘書だったらしい。

わたしは「そういうことか」と一つ思い至った。あのカクテルバーで、名前を呼ばないでほしいと言った理由に気づいたのだ。あのホテルを仕事で利用しているのは本当なのだろう。そこで社長秘書の名前で呼ばれていたら、当然訝《いぶか》しがられる。

もしかして、吉瀬氏の名でパーティに参加したことを本人に知られるのは、裕典氏にとって不都合なことなのかもしれない。わたしにも反撃のチャンスはあるかも？

わたしは気を落ち着かせるため、静かに息を吸いこみゆっくり吐いた。

「……お前、どれだけ猫かぶってたんだ？」

裕典氏はそんなわたしを観察するようにじっと見詰《みつ》める。

「猫なんてかぶってないです。メイクしてたから見た目は違ったかもしれませんが、すべてわたしです」

パーティでは多少おしとやかなお嬢様を意識していたが、声を隠せないのと同じように性格も偽《いつわ》れない。ちょっとした仕草や受け答えに、元々の性格、自分が出てくる。周囲を騙《だま》せるほどの女優《じょゆう》魂《だましい》は持ち合わせていない。メイク以外、至って平凡だ。

「へえ。じゃあ、ベッドでのことはどうなんだ？　ずいぶん可愛い声で啼《な》いてくれたが」

意地悪そうに口もとを歪《ゆが》めて言い放たれ、わたしは唇を噛《か》んだ。

図《はか》らずも関係を持ってしまったことは、今だって後悔している。だがここで感情のまま動揺を見せては男の思うツボのような気がして、心の乱れをぐっと抑えこんだ。

「……わたし、演技できるほど器用じゃないです。どう思われたか知りませんが、あれもわたしです。どうこうする余裕なんてありませんでした」

悔しいが、余裕なんてなかった――

あの日、頑《かたく》なに守っていた自分の倫理観を飛び越えて、出会ったばかりの男と抱き合ってしまった。それは、あの瞬間、恋をしたからだと今さらのように気づかされる。ストーカー男に怯《おび》えていたわたしを、機転を利《き》かせて助けてくれた吉瀬という男に、どっぷりと。

だから今、こんなにも苦しいのだ。一瞬でも想いを向けた相手が、金でかたをつけようとするろくでなしで、しかも自分が勤める会社の評判の悪い御曹司だったなんて、気持ちの行き場がない。

わたしはつくづく運がない。

「余裕なんかなかったって、本当に？」

正直に言葉にすると裕典氏は一瞬意外そうな顔をして、どこか探《さぐ》るようにわたしを見る。

何を訊《き》きたいの？

「この期《ご》に及んで嘘言ってどうするんですか。わたしのことばかり言いますけど、騙《だま》したのはそっちもでしょう？　偽名で参加されたんですから」

「俺が偽名を使ったのは理由があってのことだ」

「でしたら、その理由をぜひとも教えてくださいませんでしょうか？」

わたしは、あえて慇懃《いんぎん》な口調で訊《たず》ねた。

名前を偽《いつわ》って参加されたことが、実家の仕事を軽《かろ》んじられたみたいで許せない。大抵そういうケースは遊び目的。たまたまその相手がわたしになってしまったのだ。

「そりゃ、〈プリマヴェーラ・リアン〉が部下となるお前の実家だからだ。下手に本名で申しこんで、身もとが割れたら困るだろ。けど案内状を受け取らなきゃいけないから、吉瀬に頼んだんだ」

確かに、部下の実家の結婚相談所に上司となる者が申しこむのは、外聞《がいぶん》が悪いかもしれない。だけど、名前と住所以外のデータに嘘は書かなかったと言われても、偽名な時点でアウトだ。

「そもそもどうして、そこまでしてお見合いパーティに参加したんですか？　〈江杏堂〉の御曹司という立場にもかかわらず」

「社会見学だ。お見合いパーティがどんなものなのか知っておきたかったからな」

「それでは、おわかりいただけましたか？　お見合いパーティがどんなものか」

「ああ。結婚相談所がどういう風にして個人情報を守ってるかとかな。春野さんという女性について教えてほしいと、あれからプリマに問い合わせたんだ。だが取りつく島もない対応されたぞ。あれはちょっと冷たすぎるんじゃないか？　メルアドくらい教えてくれてもいいのに」

「そんなの当たり前じゃないですか。たとえ誕生日でも本人の許可なく勝手に教えるなんて、あり得ません」

問い合わせても答えないのは当然だ。わたし個人の事情もあるが、このご時世どんな些細《ささい》なものでも個人に繋がる情報を当人の許可なく漏《も》らすのは、ご法度だ。

そういう対応されたら、望まれていないと察してほしい。あのパーティでもさんざん説明されただろうに、結婚相談所の規約を読み直せと言いたい。

ふと、新たな疑問が湧いた。

「そんなことをしなくても、個人情報の守り方なら、企業のものとほとんど同じです。どうしてわざわざ、わたしのことを問い合わせるんですか」

この場合、「わたし」とは「古池梓沙」ではなく、あの日の「春野敦子」だが。

そう言うと、裕典氏はすごく不本意そうな顔になった。

「個人情報の守り方を知りたかったんじゃない。それは、たまたま確認できたってだけで。お前が俺の話を聞かず勝手に帰っちゃうから、連絡先を知りたかったんだろ」

「何言ってんですか。金でかたをつけようとしたくせに……」

わたしは眉を顰《ひそ》めたまま、適当にその場限りの言い逃《のが》れをしているのではないかと、裕典氏をじっと見詰《みつ》め返す。

「金でかたをって、あれはタクシー代。深夜だし、どこに住んでいるか知らなかったから少し多めに出した。出会いに期待していなかったお見合いパーティで素敵な女性に会い、ベッドでの相性も良くて今後もぜひつき合いたいと思ったからな。これは本当だ」

「なっ!!」

言うに事《こと》欠いて、素敵な女性とか今後もつき合いたいなんて！

そんなこと一ミリも思っていないくせに。何がベッドでの相性が良くて、だ。こっちが慣れていないのを良いことに、さんざんやってくれたのはどこのどいつだ。

しかし本気だと繰り返す裕典氏の態度からは、嘘や誤魔化しは見えない。

本当に、わたしを想ってくれていたの？

いや、自分の男を見る目を信じてはいけない。もう学生のときと同じ失敗はしたくないのだ。

だからひとまず後半は無視しておく。噂《うわさ》ではこの裕典氏は、女性と見れば声をかけるチャラ男だ。火のないところに煙は立たないというではないか。

「疑り深いな。こんなことなら、ジジイからの電話なんてとらなきゃ良かった。酒飲んでるから車で迎えに行けないって言ってるのに、だったらタクシーで来いなんて。そうだ、あのストーカーまがいの男のことも気になってたんだ。あのあと大丈夫だったか？」

ジジイって、社長のこと？　話す様子から、急に何かを頼まれたらしいのはわかる。

「……あのストーカーまがいの男って……まだ気にしてくれていたんですか？」

どこで反応したものかわからず、とりあえず自分に一番関係のありそうなことに返事をする。

正直意外だった。まさかあのストーカー男のことを心配してくれるなんて。わたしは、裕典氏の評価を少し改める。

「まあ、それだけ使用前と使用後が違うなら、そうそう身もとがバレて困った状況にはならないか。プリマから漏《も》れることは絶対なさそうだし。——ぱっと見ただけじゃ、ぜんぜんわからなかった。こんなに印象が変わるなんてな」

使用前、使用後ってなんだとムカつくが、それは普段から自分も思っているので、ひとまず胸の内に収めておく。

それよりも、さっきからずっと不躾《ぶしつけ》なほど見詰《みつ》めてくる裕典氏の視線にそろそろ限界がきていた。メイクというある意味武装している状態ならまだしも、こんなに素に近い状態で真正面から見られることに免疫がないのだ。

「何見てるんですか」

でもここで引くわけにはいかない。わたしはぐっと顎《あご》を上げて背筋を伸ばす。

「いや、どこまで化けられるんだと思って。さっきの彼女たちもたいがい濃い化粧だったが、あの日のお前のはそういうわけでもなさそうだったし。履歴書の写真とまったく違ったぞ」

「履歴書って、二年以上前ですよ？　社会に出てそれだけ時間が経《た》てば女性は変わります。まあ、メイクは自己流ですけど一応これ特技なんです」

「ふーん、特技ねえ。それのせいで俺は一週間、悩まされたというわけか。ったく、興信所使って調べようかと思っていた彼女が、うちの社員だったとは。春野敦子って、本名の古池梓沙にかすりもしない名だな」

「かすったら困るじゃないですか。一応社名の〈プリマヴェーラ・リアン〉にあやかっているんです。というか、『春』は祖母の名前ですけどね」

サクラのときの名前については、本名を勘繰《かんぐ》られそうな要因を排除している。身バレ厳禁なのだ。だからこの男のように身近な秘書の名を使うなんて、もってのほかだった。……結局はバレてしまったのだけど。

「なるほど。プリマヴェーラが春って意味なのは知っていたが、そういうことなんだな」

裕典氏が目を細めて頷《うなず》いた。

しまった。わたしは何を余計なことを言っているのだ。祖母の名前なんて、今関係ないのに。

「まあ、良かったかな。早々に互いの正体が知れたのは。これなら気兼ねなく話せるし。何せ裸で……」

裕典氏が続けようとした言葉の先を察知したわたしは、両手で目の前にあるテーブルの上を思いきり叩いた。当然「バンッ!!」と大きな音が出る。

「では、わたしが異動になった理由を教えてください」

驚いて目を瞠《みは》った裕典氏に構わず、わたしは強張《こわば》る目もとを涼《すず》しげな笑みに変えて訊《たず》ねる。

気兼ねなくなんでも話してもらおうではないか。偽名を使って〈プリマヴェーラ・リアン〉のお見合いパーティに参加したのは社会見学のためだなんて、納得できるわけがない。だが、とりあえずは今回のわたしの異動についてだ。

「異動の理由は、お前の実家が結婚相談所だからだ。いろいろ訊《き》きたいからな。そういう方面ならではの専門知識」

「はい？　うちが結婚相談所だから異動なんですか？」

言っていることが理解できずに訊《き》き返す。

〈広報メディア企画課〉という新設部署に、結婚相談所の専門知識なんてまったく関係ないと思うのだけど？　それとも、結婚式関連のシェアを広げる足がかりにする気か？　だったら、直接式場に売りこんだほうがいいと思うけど……

「そんな不思議そうな顔するな。思っていることが顔に出るのはあの日と同じだな」

ニコリと笑みを向けられたわたしは、ついドキッとした。

それこそ同じだったのだ。さっそうと現れ、柔らかに微笑みながら吉瀬と名乗ったときと。

「放っといてください。それよりうちの何が知りたいんですか？　わたしは実家の経営にタッチしていませんけど」

「いや経営よりも、現場だな」

「現場――？」

ますます訳がわからなくなったわたしは首を傾《かし》げ、裕典氏をじっと見る。

「順番に話そう。まあ、見てのとおり、ゴタゴタしまくりだ。役員には二ヵ月前に部署設立の話をしたし承認もさせた。人事については一ヵ月前。にもかかわらず今日出社したらこの有様。なんの用意もされていなくて、お前の異動に至っては本人に話もしていない。所詮は勝手気ままのお坊ちゃんが社長の威光をかさに作らせた部署ってことだ。実際間違いじゃないけどな」

裕典氏はやれやれと溜《た》め息をつく。案外、自分の置かれているポジションを理解しているらしい。

わたしは少し気の毒な気持ちになる。

つまりは社長の後ろ盾がなければ、裕典氏の話を聞く者はおらず、自身では何もできないということなのだ。

そんな風に思いつつも、こうして二人きりになってからの裕典氏の話し方に、わたしは違和感を覚えていた。

先ほどの総務の女子社員に見せた軽さや、部長や吉瀬氏への態度と違って、浮《うわ》ついた不真面目さが感じられないのだ。なんだかあの日のパーティで感じた吉瀬さん、もとい裕典氏の印象に重なってしまう。茶目っ気があって人好きのする、気がつくと周囲を魅了してしまっていた彼に。まるで、チャラ男の姿は世を忍ぶ仮の姿。あの日の彼が本当なのだとでもいうように――

どちらの顔が本当の裕典氏なのだろう。

そう考えてしまうのは、たぶん放り出せないまま抱《かか》えている彼への想いのせいだ。騙《だま》されたという苛立《いらだ》ちは胸にあるのに、あの日のすべてが嘘だったとは思いたくないなんて、ずいぶん身勝手な話だけれど。

「さっきからじっと見てるけど、もしかして見惚《みほ》れてる？」

「――っ!!　変なこと言わないでください。話を先に進めてもらえませんか」

やっぱり裕典氏はチャラ男だ。見ているのはそっちでしょうと返したいところをこらえて、わたしはきっぱり言い放つ。

ともかく実家が結婚相談所だから異動では、納得しろと言うほうが無理だ。

「わかった。だが、話を聞いたらもうなかったことにはできない。いいな？」

念を押すように言う裕典氏の表情は、打って変わって真剣そのものだ。

わたしはつい彼に見惚《みほ》れてしまう。こんな状況でなかったら、きっと高らかに胸をときめかせたかもしれないほどのイイ男振りなのがまた腹立たしい。

「では話を聞かなかったら、異動はなしにして元の部署に戻してくれるんですか？」

だからそんな胸の内を誤魔化すように強い口調で訊《き》いてしまう。

「いや、それはない。――ではこうしよう。首尾良く仕事を完遂《かんすい》したあかつきには、成功報酬として希望する部署への配属を叶《かな》える。特別ボーナスを支給しても良い」

戻してくれないのかよ、と内心で舌打ちをしかけたわたしは、続いた言葉に「えっ？」と声を上げ、瞬《まばた》きをした。

「と、特別ボーナス？」

待て待て。反応するところは、「希望する部署への配属」のほうだろう。あれだけきっぱりお金なんてと拒絶したのに、ここで反応してなんとする。

しかし、仕事上の正当な報酬としてなら問題ないんじゃないだろうか？　まだ学生の弟妹に何かと物入りな家庭の事情。姉として、たまにはお小遣いもやりたいところなのだ。

「そうだな。こういうのはどうだ？　給料はそのままだが必要経費として同額を加算しよう。決して悪い話じゃないだろ?」

わたしは、ごくりと、湧いてもいない唾《つば》を嚥下《えんげ》した。

なんなの? この悪い話でないどころか垂涎《すいぜん》モノの美味しい話は。同額加算って、それって今の給料が倍になるってことだよね?

「必要経費って、なんですか、それは。……っと、そうじゃなくて——」

「その食いつき方、実家が経営難なのは報告どおりだったようだな。遊びの相手としての金は受け取れないが、仕事としてならってことか」

「わ、悪いですか? もちろん真っ当な仕事ですよね?」

しらばっくれようかとも思いはしたが、誤魔化すのは今さらな気もして、むしろ開き直る。

「もちろん。非公式だがな」

「真っ当で非公式って、なんですか。からかっているんですか?」

眉を顰《ひそ》めたわたしの表情がお気に召したのか、裕典氏は何か企《たくら》んでいるような、にんまりした顔になった。

思えば今日顔を合わせてから、いろんな表情を見ている。この人はどれだけの顔を持っているのだろう。共通しているのはどれも皆カッコ良いことだが、悔しいから黙っておく。

「そうじゃない。まあ、とりあえず聞け。ここは部署名のとおり、広報に力を入れていくためのところで、雑誌やインターネットなどの媒体を活用して、社の売り上げを伸ばす」

「広報に力を、ですか」

部署名からしてそんなところだとは考えていたが、既《すで》に似たような部署が営業部にあるのに、さらに作ってどうする気なのだろう。はっきり言って無駄ではないのか、が正直なわたしの感想だ。だからついつい素《そ》っ気《け》ない口調になってしまったが、どうせわたしが思ってることぐらい裕典氏はきっとお見通しなのだから、取《と》り繕《つくろ》ったところでそれこそ無駄だ。

「……と言うのは表向きだ。建前だな。もちろん、そういった仕事もしてもらうが、今一度言う。これから話すこともそうだが、ここで見聞きすることすべてが守秘義務のある極秘事項。知ったが最後なかったことにはできないし、このままお前を帰すこともできない」

なんだかずいぶん仰々《ぎょうぎょう》しい話になってきた。建前――誰かに仕事の内容を訊《き》かれたら、さっきの内容を話せということか。

「今のところ戻す気はないんでしょう？　だったらもったいつけず話してください」

「わかった。あとで一筆書いてもらうからな。極秘任務の誓約書だ。契約書みたいなものと思ってくれればいい」

ここまで言われたら、かなり訳ありの仕事だということは誰だって想像がつく。成功報酬や必要経費をちらつかされ、とどめが誓約書。つまりはそれ相応の覚悟が要《い》るということだ。わたしには拒否権がないも同じ。ならばさっさとその極秘任務とやらをやり遂《と》げて、希望部署への配属と特別ボーナスをいただこうじゃないか。

わたしはぐっと腹筋に力を入れると挑《いど》むように頷《うなず》いた。

「深紘のことはもちろん知ってるよな」

「ええ、それは」

裕典氏が口にした名は、社長の孫にして、この裕典氏の従兄《いとこ》。次期社長と目《もく》されている一の王子だ。

「ここは、深紘の婚活プランを企画遂行《すいこう》する課だ」

新規プロジェクトを発表するかのように堂々と言った裕典氏を、わたしはまじまじと見詰《みつ》める。

その意味を理解するのに少し時間がかかった。

「は？　コン……カツ……？」

今、なんて？　聞き間違い？

わたしは自分の耳を疑い、目を瞬《またた》かせる。しかし、間違いなく裕典氏は「婚活」と言った。それも深紘氏の——

「おいおい、まさか婚活の意味がわからないなんて言うなよ？」

「言いませんよっ！　で、でも、一の王子……いえ、森里課長の……、ですか？」

「そうか、一の王子って呼ばれてるんだったな、深紘は。女子社員の間で」

「俺は二の王子だっけ」と続けた裕典氏の言葉は耳を素通りしていった。

問題なのは、どうして深紘氏のなのか、ということで——

「あ、あの！　も、森里課長の婚活って、課長ご自身はご存知なのですか？　婚活は本人のお気持ちがあってこそで、周囲が勝手に進めても上手くはいきませんよ？」

婚活プランの企画立案——つまりプロデュース&コーディネートをこの裕典氏がするなんて、本気なのだろうか？　プロがやってもなかなか難しいというのに。

「お？　さすがだな。良心的でアットホームをうたう〈プリマヴェーラ・リアン〉の令嬢は」

「茶化さないでください。……どうしてまた、森里課長の婚活プランなんですか」

「茶化す気はないさ。そんなに焦《あせ》って結婚することもないと俺は思うが、深紘のやつ、三十四歳にもなってまだ独り身なのを気にしてな。だから本人の同意はもらってる。ジジイ——いや社長をそろそろ安心させたいところなのは本当だから」

独り身なのは裕典氏も同じだが、こちらは三十歳前の二十七歳。加えて何かと女性の噂《うわさ》が絶えないチャラ男。対して深紘氏は、いわゆる浮いた話一つもない堅物で実直真面目な人だ。

どうしてうちの会社の御曹司はこうも両極端なのか、足して二で割れば人間的にちょうど良い感じになるのに、などとこっそり思ってしまう。

そうか、だからか。裕典氏が偽名を使ってうちの実家が主催するお見合いパーティに参加したのは。まさに社会見学、それを生業《なりわい》としている会社を見ておきたかったということだ。

「でしたら、それこそどこか相談所に入会されればいいんじゃないですか？　それに〈江杏堂〉の御曹司でしたら、そういったお話は普通に持ちこまれるものだと思うんですが」

もし実家の〈プリマヴェーラ・リアン〉に入会してくれるなら大歓迎だと、一応言ってみる。わざわざこんな課を作らなくても、お見合い話はよくありそうなのに。

「そこなんだ。結婚相談所の案は、お前には悪いが却下な。深紘にも訊《き》いたんだが、結婚したいとは思っていても、そこまではしたくないらしい。それに深紘宛《あ》ての話は確かに一杯来ている。だが、写真もかなり修整されているし……あれなんて言うんだ？　あの履歴書みたいなやつ」

「釣書《つりがき》ですか？」

言葉が出ず首を傾《かし》げる裕典氏に、わたしは連想した語句を口にする。

「そうそれ。それには良いことばかりしか書いていないんだよな。もっと本質の部分を知りたいのに。だったら専門家のアドバイスを聞きながらちょっと婚活しようか、とね」

釣書《つりがき》は身上書。誰だって不都合なことは書かない。だからそれで人となりを判断するのが難しいのはわかる。

それにしても、結婚したいと思っているのに相談所の入会は嫌だなんて、ずいぶん勝手なことを言ってくれる。とはいえ、世間の認識はそんなものなのかも。

「それで、わたしですか。でも実家は結婚相談所でも、ここではわたし、ただの営業補佐の事務員ですよ？」

これがわたしが異動になった理由か。裕典氏はわたしにアドバイザー的なものを期待しているようだ。

しかし、これは思った以上に荷が勝ちすぎる仕事な気がする。

「そうでもないだろ？　最初はなんとなく、そういう話に詳しいやつがいれば良いと思って、お前に白羽の矢を立てたんだ。けどあのパーティでの彼女がお前だとわかった今は違う。あんなこともあったのに、周囲への細やかな気遣い、出すぎない話し方、聞き上手――そのカップル成立へ向けての手腕を、ここで発揮してほしい」

あのパーティでは、わたしも自分の役目——サクラとして盛り上げる——を頑張ったのだけど、参加した女性陣のほとんどは「吉瀬」と名乗ったこの裕典氏に集中してしまい、見事マッチングしてカップル成立した人はいなかった。だから手腕というほどのものはない。

「助けるって、そんな大袈裟《おおげさ》な」

「いや、お前しかいない。頼む、力を貸してくれ。なんとしても俺は深紘の結婚をまとめたいんだ」

真剣な顔で言う裕典氏を見ていると、かえって嘘くさく、まだ裏の事情があるのではないかと勘《かん》繰《ぐ》りたくなってくる。

「この課を作ったのも、わたしが異動になった理由もわかりましたけど、そこまで森里課長の婚活に力を入れるのは、どうしてなんですか?」

そう訊《き》くと、裕典氏はほんの一瞬目を泳がせた。

わたしは間違いなくまだ話されていないことがあると確信する。わたしだってこれくらい表情を読むことはできるのだ。

するとしばらくして、裕典氏が口を開いた。

「……社長に、家を出たいと言ったんだ。だが半人前のくせに家を出るなんて許さんと反対されてしまったんだよな」

「は——?」

家を出たいと言ったら、許さんって、どれだけ過保護よ? 未成年ならまだしも、いい年をした孫相手に。つまり、社長は娘の忘れ形見をそれほど溺愛《できあい》しているということか。

「だから俺はこの新しい部署で成果を上げて、一人前なことを証明するつもりだ。あわせて深紘には結婚してもらう。世間は結婚していないと信用にかかわってくる場合があるからな。それでこの〈江杏堂〉の次期社長は深紘に決まって安泰だ。いくら俺が社長の器《うつわ》じゃないって言っても、バカなことを考える輩《やから》はなくもないし。ま、その足がかりになる部署を社長に作ってもらってちゃ、説得力はないがな」

「……はあ」

わたしは呆《あき》れつつも少し感心した。

裕典氏は深紘氏を結婚させて、次期社長という立場を揺るぎないものにすることで、後継者争いが起きないようにと考えているらしい。

「なんにせよ、表向きは最初に言った広報が仕事だ。同時に深紘の婚活プランを企画。こっちは極秘ミッションだからな」

裕典氏に念を押されるように言われ、わたしはやれやれと思う。

これだけ大がかりに部署を新設して、何をするのかというと、身内の婚活。公私混同もはなはだしい。つまりわたしは、身内のゴタゴタに巻きこまれたのだ。たまたま実家が結婚相談所をやってるからって……

だが、ただの社員のわたしに辞退など許されるはずがなく、退路はない。秘密にしていた家業の手伝いも知られた。

だったら突き進むしかないではないか。提示された諸条件を考え合わせ、覚悟を決める。ミッションコンプリートのあかつきには、希望する部署への異動を叶《かな》えてもらおう。

「わかりました。具体的に、まず何をすればいいんですか？　明島課長」

「俺は良い部下に恵まれたようだ。これからよろしくな。古池梓沙さん。俺のことは課長と呼ばなくていい。この課には、古池さんしかいないんだ。責任者といっても『課長』は、やっぱりちょっとね」

そう言って裕典氏はどこかばつの悪そうな顔をした。さすがに経緯が経緯だからか課長を名乗るのは、後ろめたく感じるのだろう。

「では『室長』でどうでしょうか？」

役職をつけずに呼ぶなら「明島さん」となるが、一応上司になるのだし、と提案する。まさか本物の吉瀬さんが呼んだように、「裕典さん」と名前呼びもできない。

「それいいな。うちの役職にはないが、この部屋の長ということで『室長』か。今後はそれで頼む。じゃ、サインしてくれ」

ふわっと笑みを浮かべた裕典氏は、話はこれで終わりと立ち上がった。

背にしていた事務机の上に置いてあったタブレット端末を手にして戻ってくる。そして何やら操作して、わたしに向けた。

「これは……」

タブレットの画面には誓約書と書かれたファイルが出ていた。てっきり用紙が提示されると思っていたから、意外だ。

「ちゃんと内容を読めよ。それ作るの結構時間かかったんだから。あ、サインはこのペンで直接画面に書けばいい。それをプリントアウトすれば『誓約書』のできあがりだ」

そう説明されて、表示されている文章を読む。要約すると「この部署で知り得た情報は一切口外しないこと」だ。

わたしは渡された専用のペンで自分の名前を書いてタブレットごと裕典氏――明島室長に返した。

「よし。さっそくだが、私服に着替えてこい」

満足そうに受け取った室長は、タブレットを脇にあったブリーフケースにしまいながら言い放つ。

「え？　着替えてこいって、どこか行くんですか？」

当然わたしは面食《めんく》らう。

着替えてこいって、どこかに出かけるの？　もしかして出張？　でもいったいどこに？

頭の中を疑問符で一杯にして、返事をする。

「そろそろ昼だし、ランチの下見するのにちょうどいいだろ。まずはデートプランに組みこむ店のリサーチをする」

「でもわたし、まったくの普段着で……」

今日着てきた私服を思い浮かべたわたしは、慌《あわ》てる。はっきり言って困った。

制服があるから通勤はパンツだったりジーンズだったり、余程の予定がない限りカジュアルな服装だ。それは今日も例外ではない。退社後、同僚と行くお茶程度ならともかく、上司と出かけるには、不釣り合いこの上ない。

現に目の前の明島室長は、さすが御曹司だねと言いたくなるほどピシッとしたスーツを着用している。

女性はあれこれ着飾れる楽しみがあるが、こんなときはスーツを着ていればひとまず格好がついてしまう男の人を羨《うらや》ましく思う。

「別にいいんじゃないか？　今日のところはお近づきのシルシだ。ともかくメシに行こう。朝から動いたから、腹減ってさ」

わたしの心の内など知る由《よし》もない室長は、気軽に言葉を続ける。

「これからはすぐに出かけられるように私服でいろよ。そのために必要経費を認めるんだからな」

「私服……」

わたしはそういうことかと納得する。単純に給料を倍にするための名目だけではなく、ちゃんと目的があったのだ。

「俺は社長室に顔出してから行くから、下で待っててくれ」

「……わかりました。本当に今日は普段着なので、期待しないでくださいね」

「ああ。パーティのときのお前では悪目立ちするから、ちょうどいい。その普段着も楽しみだ」

「……っ」

わたしは、明島室長に素早く背を向けるとムッとして舌を打つ。

なんだか、想像していた婚活プランとは別のもののような気がしてきた。

少し早まったかもしれない。

目の前にちらつかされた条件につい食いついたのは自分で、自己責任ではあるけれど……

後悔先に立たず。

さっそく身に降りかかった問題に早くも溜《た》め息をついた。

言われたとおり私服に着替え、下——会社一階にある店舗の前で新上司、明島室長と合流したわたしは、逃げ出したい衝動に苛《さいな》まれていた。

いくら会社から歩いていけるところにあるからって、連れて行かれたのはカジュアルＯＫなファミレスじゃなくて、ホテルに入っている日本料理のお店だ。そんな身構えるほどハイクラスではないにしても、ホテルはホテル。フロントの前を通るときの場違い感は半端《はんぱ》なかった。

だって本当に今日の服装はカジュアルなのだ。それも普段着のコットンニットのプルオーバーとジーンズ。これではＯＬというより学生だろう。

引きかえ、室長は颯爽《さっそう》としたスーツ姿。ネクタイこそ外していたが、品の良さは変わらない。

これが御曹司——王子と呼ばれるゆえんか。

「お前、本当に普段着だな」

お店のランチメニューから「松」というコースを二人分頼んだ室長が、しみじみ言った。

「だから言ったじゃないですか。期待しないでくださいって」

「いや、新鮮。これまで周りにはいなかったタイプだ」

「そーですか」

からかわれている気がして棒読み口調で返す。さぞかし王子様を取りまく姫君は、それ相応の煌《きら》びやかな方々ばかりなのだろう。

「おい、食事のときに不機嫌な顔はするな。せっかくうまいものを食べさせてやろうと連れてきたんだからな」

「あ、すみません」

これは素直に謝る。連れてきてもらった身でそんな顔をしていては、確かに失礼だ。わたしは尖《とが》らせ気味だった口もとを緩《ゆる》めた。

「……向こうっ気が強いだけじゃないんだな」

「え？　どういうことですか？」

自分のことを言われたと思うのだけど、意図を図《はか》りかねて訊《き》き返す。

「いや、なんでもない。まずは新部署設立と今後のお前の活躍を期待して――ビールで乾杯といきたいところだが、午後も仕事だ。これにしておくか」

「はい」

室長が手にしたのはお茶の入った湯のみ。そんな茶目っ気ある振る舞いに思わず和《なご》んだわたしは、同じように湯のみを掲《かか》げる。

そこに料理が運ばれてきた。塗りのお櫃《ひつ》と小皿と椀物《わんもの》、それから伏せた茶碗《ちゃわん》としゃもじが並ぶ。

お櫃《ひつ》？　茶碗《ちゃわん》？　数種ある小皿の中身は、ワサビにネギと海苔といった薬味――とくれば。

「鰻《うなぎ》は大丈夫だったか？　出てきてから訊《き》くのも変だが」

「平気ですよ——わっ、やっぱりひつまぶし」

お櫃《ひつ》の蓋を取ると、ご飯の上に蒲焼きにした鰻《うなぎ》が細かく刻まれてびっしり載っていた。

わたしは嬉しくなる。市内には何軒か専門の店があるが、なかなか食べにいく機会がなかったのだ。

「ここのひつまぶしは結構いけるんだ」

わたしがあまりにも嬉しそうな顔をしたからか、室長が目を細めた。

「見るからに美味しそうですね。いただきます」

茶碗《ちゃわん》にご飯を盛りつけたわたしは、さっそく味わう。

うん、美味しい。

ワサビをちょんと載せて食べるのも美味しい。

ひつまぶしが食べられる店がこんな会社の近くにあったなんて、ぜんぜん知らなかった。

「お前って、うまそうに食べるよな」

「食べることは好きですけど」

顔を上げたわたしは前に座る室長を見て、ドキッとした。顔にときめいたわけではない、箸《はし》を持つ手もとに目がいったのだ。

箸《はし》が、まるで指の一部のようにしなやかに動く。鰻《うなぎ》を載せた一口分のご飯を口もとに運ぶときも、決して危なげなく、流れるように。

「何見てるんだ。俺がお前の食べるところ見てたから、仕返しか?」

「違います。室長って、――美味しそうに食べますよね」

「ん？　……そりゃ、うまいからな」

途中で言葉を誤魔化したことを気づいただろうか。

本当は、なんてきれいに箸《はし》を使うのだろうって言いそうになってやめたのだ。

箸《はし》遣いに見惚《みほ》れてしまったなんて、ちょっとマニアックすぎだから――

それでもわたしは、室長から目が離せなかった。

3　新たな仕事は婚活プランナー？

あの突然の異動から、一週間経《た》った。朝出社すると元倉庫の小部屋を掃除し、まずは備品のノートパソコンを立ち上げる。

パソコンに向かって作業を始めれば、傍《はた》からは受注伝票の入力や配送伝票の作成をするアシスタント業務の女子社員に見えるだろう。

しかし、やっていることはまったく違った。

〈広報メディア企画課〉の表の仕事として、これまで総務がやっていた商品についてのアンケート葉書の集計やホームページ経由で送られてきたメールの管理をしている。他にも、インターネットをフルに使って売れ筋や動向をチェックしたり、それらをまとめて社内の関係部署へ配布したりもしている。

しかしその実、裏では「一の王子、森里深紘氏にすみやかに実りある結婚をしてもらおう」を目標に掲《かか》げたプロジェクトを推進している。

今わたしが取りかかっているのは、女子が喜びそうな食べ物や雑貨のリストアップだ。それも少しセレブ感のあるものばかり。あとは話題の店くらいは押さえておいたほうが良いだろうということで、グルメ雑誌やファッション雑誌をチェックしている。

パッと見、遊びの計画を立てているようだが、上司の指示だ。もし誰かに見咎《みとが》められることがあれば、新規開拓を考えている購買層の市場調査だと答えるよう言われていた。

そういうときのための〈広報メディア企画課〉の看板なのだそうだ。〈江杏堂〉のメイン購入層はハイミセス層だが、新たなターゲットとして二十代から三十代を考えており、そのクラスの生活様式や習慣を調査している体《てい》なのだそうだ。

実際に明島室長は、新部署設立を訝《いぶか》っていた周囲にそう説明して、納得させた。これぞ口八丁《くちはっちょう》、いや素晴らしい弁論術か。しかし、その表の理由に対しても成果を上げようとしているのだから、まったくのでたらめではなかった。

深紘氏のお相手については、〈江杏堂〉御曹司の結婚相手として持ちこまれる縁談の中から絞《しぼ》りこんでいるのでクリアしている。あとは出会い後、最終目的の結婚までたどり着くように、両者がラブラブになるプランを用意すれば良いようだ。

わたしは、起動したノートパソコンに向かい、ディスプレイに最近女性に人気のカフェのランキングを表示させた。

リストアップした中からどの店をプランに組みこむかはわたしに任されており、このあたりはほとんど勘だ。

こんな方法で良いのか、雑すぎる気もするのだが、室長にはそれで構わないと言われている。候補に挙げた店には、最終的にプランを決定する前に一度行って、自身で確かめる。

わたしはデートの定番コースともいうべき、映画や美術館、コンサート関係も調べていった。

「んーっ」

マウスから手を放すと、ぐっと伸びをするように腕を上げた。首を左右に傾《かし》げ、肩を回す。ディスプレイの右下に表示される時刻を見ると、昼の休憩までまだ三十分あった。一息入れるには中途半端《はんぱ》な時間だが、朝からずっと同じ体勢でパソコンに向かっていたので、さすがに背中が凝《こ》っている。

わたしはリストのファイルを保存すると立ち上がり、戸口の脇に備えつけたカウンターに置いたコーヒーメーカーに向かう。

サーバーには朝淹《い》れたコーヒーが残っていた。時間が経《た》っているので香りが飛んで温《ぬる》くなっていたが、わざわざ淹《い》れ直すまでもないと、カップに注ぎ入れる。

カップを片手に席に戻ったわたしは、温《ぬる》いコーヒーをずずっと啜《すす》り、自分の手もとに目をやった。羽織《はお》っているカーディガンは支給される紺色《こんいろ》ではなく、オフホワイトの私物だ。

営業部にいたときと何より違うのは、いつでも外出できるようにと私服着用になったことだろう。上司のお供で外出するので、そこそこちゃんとした服装でないとならず、気が抜けない。もう制服があるからとカジュアルな服装で出社はできなかった。

スーツなど改まった服はひととおり持っているつもりだったが、毎日となるとまったく足りない。おかげでこの一週間、プライベートの時間はほとんど服や靴、バッグといったものの買い物三昧《ざんまい》だった。その出費は、これまでのわたしの給料でまかなえる金額を余裕で上回った。必要経費として給料に加算してくれるという明島室長の言葉が本当にありがたい。

ということで、わたしのワードローブは親も驚くほど一気に増えた。

今はコーディネートの勉強中だ。同じスーツでも中に合わせるブラウスで印象を変えたり、アクセサリーでアクセントをつけたり。続けて同じものを着ていくわけにはいかないから、ローテーションを考えながら、また買い求めてもいる。

そんなこの一週間で気づいたことがあった。男の人はどういうときでもスーツさえ着れば格好がつくから羨《うらや》ましいと思っていたけど、明島室長の場合は違う。

仕立ての良さは言わずもがなで、一見似たような生地のスーツでも微妙に風合いや色目が違ったり、ストライプなどの品の良い柄が入っていたりする。ネクタイやタイピン、ときにカフスなどの小物でも変化をつけていた。特にネクタイはこだわりなのか、いまだ同じ物を締めているのを見たことがない。

だからこそ、わたしも身だしなみ、身の回りのものには余計に気を遣うようになった。

その甲斐《かい》あってか、いつ何時、急な外出をおおせつかっても、対応できているのではないか。ちょっとしたスーツの替えやそれに合わせた靴も、ロッカーに用意しておくようになったし。

ほらこうして、出社してきた明島室長に言われても――

「すぐ出れるか？」

声をかけながら部屋の中に入ってきた明島室長は、いつものように爽《さわ》やかに整えた髪にダークスーツ。上場企業の若きエグゼクティブといった、いでたちだ。

これが昼休みだったら、隣の総務部の女子社員にきゃーきゃーと騒がれること請け合いだ。

「はい」

返事をしたわたしは、見ていたパソコンを閉じて立ち上がる。パスワード設定をしてあるので、このままパソコンを放置しても、誰かに勝手に中を見られることはない。

「今日はどちらに行かれるんですか？」

「ランチの予約が取れたんだ。一昨日お前が提案してくれた店の」

「あのフレンチですか？」

それは手始めにと提案したフレンチレストランだった。有名ホテルで修業したシェフが出した店で、夜は本格的なコース料理だが昼間は気楽にランチが楽しめる。

しかしここ最近は、「ワンクラス上のデートするならこんなお店が良い」とファッション雑誌に取り上げられてしまい、客が殺到していた。おかげで昼夜問わず予約をしないと入れないほどだ。

「よく取れましたね。予約も一月《ひとつき》待ちだという話だったのに」

わたしは着ていたカーディガンを脱ぎ、部屋の奥にパーティションで間仕切りをして作ったスペースに向かう。そこにはわたし専用のロッカーが置いてあり、その中からバッグと上着を取り出すと腕に抱《かか》えて戻った。これで出かける準備万端だ。

「吉瀬に頼んだ。自分は社長の秘書なのにってぶつぶつ言っていたけど、昔から頼んだ仕事はやってくれる」

「吉瀬さんに……」

ちょっと冷たい眼鏡の横顔を思い出しながら、秘書とは大変だなと内心で同情を禁じえない。

うちの〈プリマヴェーラ・リアン〉主催のお見合いパーティの件でも、吉瀬さんは明島室長に名前と住所を貸したそうで。こうして公私を越えて本来の仕事以外のことまでやってくれるのは、秘書の鑑《かがみ》といったところか。

「……今日はそれか」

明島室長が前に立ったわたしを眺《なが》めて口を開いた。

今着ているのはソフトな印象のペプラムスーツだ。

色はグレイで大人しいと言えば大人しいが、中に着るブラウスやアクセサリー次第では、華やかにすることもできる。今は仕事中だから、シンプルなブラウスを合わせていた。

あのフレンチレストランなら、このスーツで十分昼間のドレスコードを満たしていると思う。だが、こちらは同行する身。連れて行く上司が異を唱えるなら、着替えるのも吝《やぶさ》かではなかった。

「変ですか？　ロッカーにもう少し明るい色のスーツを置いていますから、必要ならそっちに着替えますけど」

再び奥のロッカーに向かおうとしたわたしは、肩をつかまれた。

「あの……？」

「いや、いい。ちょっと地味かなって思ったが、昼だし、それくらいだと秘書っぽくて良いかも」

「地味って……。ご希望でしたらフルメイクしてパーティ仕様にもできますけど？」

わたしは少しムッとして嫌味っぽく言葉を返した。服ではなくわたし自身を指していることに気づいたからだ。

業務中は他の女子社員の目もあり、メイクは当然控えめ。スーツも大人しめのものだ。

ただでさえ二の王子が作った新部署で、女子の多い総務部の隣にあっては何かと噂話《うわさ》に上りやすい。現に異動して二日目に、前部署の営業部で世話になっていた及川さんが心配してメールをくれた。総務部の友人からあれこれ探《さぐ》りが入ると。だから可能な限り波風は立てないように、これも処世術と、目立たないようにしていた。

つまり「地味」と言われるのは、功を奏している証《あかし》でむしろ褒《ほ》め言葉なのだけど、この人に言われると、何か腹が立ってくる。

「パーティ仕様はまたプライベートのときにな」

「わかりました。室長が吉瀬さんの名を名乗られるときにしますね」

ニヤニヤとした顔で言うものだから、わたしもついつい煽《あお》られて答える。

しかしすぐに、立場を弁《わきま》えず口を滑《すべ》らせてしまったと後悔した。いくら一夜の過《あやま》ちがあったとはいえ、今は自分の上司なのに。

明島室長の様子を窺《うかが》うと、どういうわけか楽しげに口もとを緩《ゆる》めてわたしを見ていた。

「お前、本当に負けてなくて面白いな。やっぱり部下にして良かったよ」

「そ、そうですか」

気を悪くしてはいないようだと安堵《あんど》したが、なんと返事をしたものか咄嗟《とっさ》に浮かばず、わたしは歩き出した明島室長のあとに続いたのだった。

予約をしたフレンチのお店は評判どおりの美味しさだった。美味しいもの好きの同志、及川さんにも紹介したいと思うほどだ。

デザートで出てきた新鮮な果汁を使ったソルベは甘く仕上がっていたが、思いのほかさっぱり口の中で蕩《とろ》けた。最後のコーヒーにいたっては香りとほど良い苦みが相俟《あいま》って、ついお代わりを頼んだくらいだ。

白を基調にした内装も、ディスプレイとして並べられたグラスやワインの瓶も申し分ない。何様だって言われそうだけど、スタッフも洗練されていて接客態度も文句のつけようがなかった。これならディナーも期待できるだろう。さすが人気を博《はく》す店のことはある。

「じゃあ、食事はこの店にして、それまではどうする？」

「そうですね——」

社に戻ったわたしたちは、それまでのデータをもとに、デートプランを練っていた。

窓を背にした事務机に二人並んで、タブレットの画面を覗《のぞ》きこむ。この配置なら戸口を正面にしているため、人が入ってきてもすぐにわかるし、ノートパソコンの陰になるから、机の上を見られることはない。

そんな秘密めいた作業のせいか、営業からはほど遠い業務に居心地の悪さを感じてしまって落ち着かない。

でもこれが今の仕事と自身に言い聞かせ、わたしはタブレット画面の画像データに目を落とす。

表示されているのは、深紘氏のために持ちこまれた見合い話の中の一人、お相手候補となった令嬢の写真画像だ。他にも釣書《つりがき》にあった学歴や職歴、趣味資格などが表示されている。

このタブレットは、データの共有化をしていないので、わたしが使っているノートパソコンから参照することはできない。

「待ち合わせ、というのも変だよな。家にまで迎えに行くかな。となると車か」

「最初でしたら、カフェなどで待ち合わせるのも良いかと思います。車でのお迎えはお会いしてもう少し距離を縮めてからで。『お嬢様』なんですよね、箱入りの」

わたしは、画面の中でふわりと微笑んでいる女性を見る。いかにも良家の子女らしい容貌《ようぼう》だ。

釣書《つりがき》によると、この〈株式会社嘉嚢《かのう》〉の社長令嬢は二十四歳。お嬢様学校の出身で、趣味はお茶にお花、今は家事手伝いと絵に描いたようなご令嬢だ。

こういうタイプはうちの実家みたいな結婚相談所ではあまりお見かけしない。ゲスト向けのお見合いパーティでも滅多にいなかった。結婚相談所というのは、大抵、自分の意志で申しこんでくるものだからだ。

彼女のようなお嬢様が相手なら世話役を頼み、しかるべきお見合いの王道をいったほうが、間違いがないだろう。

「いきなり男の人と車で出かけるのはどうでしょうか」

「車って変なのか？」

「なんというか、車って閉鎖された空間になりますし、初対面で乗り合わせるのはちょっとプレッシャーかなと。助手席に座るとなるとなれば、なおさらです。お二人は前にお会いになられたことないんですよね」

もらえる給料分はしっかり働くぞと話を進める。わたしとて無能の烙印《らくいん》はご免だ。このプロジェクトが無事成功を収めたあかつきには、元の営業部に戻してもらうのだから。今度はアシスタントではなく、いっぱしの担当を持つ営業として。

「何か会社絡《がら》みのパーティで会ってるかもしれないが……いや、初めてだろう」

深紘はその手のパーティに出たことがないからな、と明島室長は独り言のように続けた。

「そうですね。まずは、どこかホテルのラウンジで待ち合わせをされて……。それこそどなたか仲介役のような方を頼まれたほうが――」

「んー、そういうのはいろいろややこしくなるから、抜きでいきたいんだけど」

仲立ちを頼むとなると面倒が増えると言って、室長は渋い顔になる。

しかし、いきなりふたりきりで会うのは、かなり勇気がいると思うのだ。ましてこのお相手候補は二十四歳と若く、いかにも奥ゆかしげな楚々《そそ》としたお嬢様のようだし。

「初めて顔合わせるときは、何か取っかかりのようなものがないと。いきなり二人で会っても難しいですよ」

「それって、世話を焼いてくれる人たちが適当に喋《しゃべ》って盛り上がって、あとは若い者同士でってという感じ？」

「そうですね。あれもそれなりに必要な手順の一つではないかと。もちろん中には初対面でも臆《おく》せず話せる人もいると思いますが」

「面倒くさそうだな、そういうのは、って——ああ、そうか、〈嘉嚢〉の孫娘か」

明島室長は思い出したと言わんばかりに、口にする。

「嘉嚢社長は、うちのジジイ、いや社長のゴルフ仲間だったな。元々はその繋がりで来た話だったはずだから、大丈夫だろう」

「……社長に仲介を頼むんですか？」

「いや、嘉嚢社長のほうから深紘の人となりについて孫に話しておいてもらう。そうすれば、世話役なんて頼まなくても、いきなり二人で会ってもきっと大丈夫だろ」

「……はあ、そういうものですか」

こんなんで良いのだろうか。社長が顔見知りならそれも一つの方法かもしれないが、室長の言い方はずいぶん軽い。

わたしは、結婚を前提にしたお見合いなら、もう少し何やかやあるのかと思っていたけど、そこまで堅苦しいものではないらしい。どちらかというと、良い人がいるから紹介し合う的な。もっとカジュアルに言うなら、それこそお見合いパーティのノリだ。

「じゃ、プランを完成させてしまおうか。ともかく深紘は、製造企画部の調理室にこもってばかりで女に慣れてないからな。会う席をセッティングするのも大事だが、その後をばっちりフォローしてやらないと。女はそういったところも重視するんだろ？」

「え、ええ、まあ」

従兄《いとこ》とはいえ、三十四歳になる深紘氏のことを「慣れていない」だなんて——と思ったが、噂《うわさ》どおり女性とおつき合いしたことがないのなら、仕方がないか。

逆にこっちの王子は、初めて会ったわたしともアレしてしまえるほど手慣れすぎているわけで——などと思い出したら、腹が立って来たので意識を強引に目の前の画像に向ける。

なんにせよ、相手の方と会わないことには始まらない。そして会ったら次はプランの実行だ。雰囲気たっぷりの素敵なプランでデートを盛り上げ、相手のハートをがっちりつかんで、心寄り添えば結婚まで。

そのために、わたしはここにいるのだ。

できあがったプランは、自分で言うのもなんだが結構いけているのではないかと思う。いや、相手さえいるならば自分だってこんなデートをしたいとドキドキするほどのものだった。

まずは、お嬢様の釣書《つりがき》に書いてあった趣味のクラシック鑑賞。

そこで緊張を解くべくオーケストラの演奏にひととき酔っていただき、それからファッション雑誌にも取り上げられたお洒落《しゃれ》なフレンチレストランで食事だ。

初めて会うのだから、ここまでで十分だと思うが、もしぐっと距離が縮まってもう少し一緒にいたいと思ったら、夜景が素晴らしいと評判のタワーホテルに移動して、最上階のカクテルバーでグラスを交わすのも良い。

隣にいた明島室長にちらりと目をやれば、女性に慣れているはずの室長も満更ではない様子だった。きっと夜景を見ながらカクテルを楽しんだあと、そのホテルで部屋を取ることまで考えているのだろう。——口にはしなかったが。

ついに初仕事のお見合いプランが決行され、その翌日の月曜日。わたしは成功を疑わず、ワクワクした気分で出社した。

だがしかし、信じられない光景が、そこにあった。

ブラインドの隙間《すきま》から差しこむ朝日を背に、机に両肘《りょうひじ》をついた室長ががくりと項垂《うなだ》れていたのだ。

「おはようございい、ます……？」

「……古池さんか。おはよう」

いつもは偉そうに「お前」なのに「古池さん」。それも消え入りそうな声で呼ぶなんて、なんかあったのだと、すぐにピンときた。

「あの、室長？　……まさか、とは思うんですが……」

「……ああ」

ちらりと顔を上げた室長はすぐにまた俯《うつむ》く。

「だ……、駄目だったんですか!?」

何がいけなかった!?　あのプランのどこがっ!?

「なんでなんで」と声を大にして叫びたい心境だ。いや叫んでいた。だが、幸い廊下も隣の部屋も出社してくる社員で賑《にぎ》やかなので、それにまぎれたようだ。

わたしは壁越しの気配を気にしながら問うた。

「あの、会われたんですよね？　森里課長、〈嘉嚢〉のご令嬢に」

「ああ」

当日、心配した身内が一人同伴することになったと聞いていた。立てたプランは二人きりを想定したものだったが、それがトラブルの原因になったのだろうか、コンサートもフレンチも人数が増えるくらいの融通《ゆうずう》はきくはずだったのだが。

「先方はどなたが付き添われたんですか？」

「母親だそうだ」

まあ、そうだろう。世話好きの親戚が出てくる場合もあるが、箱入りのお嬢様に付き添うなら、母親が妥当な線だ。

「では森里課長には……？」

「伯父も伯母も都合がつかなくて、こっちは深紘一人だ。あいつはあれでいて、度胸があるからな」

「そうですか……、森里課長お一人で……」

そうは言うが、それもまた話しづらい状況だったのではないだろうか。

室長の様子から、とてもそのまま何が起こったのか知らずに済ますわけにはいかないと思った。

わたしは、ドアがちゃんと閉まっているのを確かめに行く。防音されていない部屋でも、ドアが閉まっているのといないとでは大違いだからだ。

そして再び机を挟んで室長の前に立つ。

「詳しく話してください。わたしには経過を聞く権利があると思います」

何があったのか、きちんと把握したい。プランに問題があったのならすぐに正して、同じ轍《てつ》を踏まないようにしなければ。

「……写真だけじゃ、わからないものだよな」

肩を落としたまま明島室長は、ぼそりと言った。

もしかして、あの持ちこまれた見合いの写真は多大な修整後だったとか？　そうやって手を加える話は聞いたことがある。

それはお前だろと自分で突っこみつつ、室長の言葉を待った。

「今回の話はなかったことになった」

「それはわかってます。ですから、破談になった理由をお願いします」

「……先方の令嬢に、男がいた」

「お、男……ですか？」

わたしは、にわかには信じられずに訊《き》き返した。

「乗りこんできたそうだよ。フレンチレストランで席に着いた早々」

「令嬢に男……。レストランに乗りこんできた……」

これはまったく想定外ではないかっ!!

確かにそんなことお見合いの写真からは窺《うかが》えないし、釣書《つりがき》にだって書いていない。

「母親は卒倒しかけるし、令嬢は蒼褪《あおざ》めて泣き出したんだと」

「森里課長は……？」

「深紘は――」

深紘氏は乗りこんできた男を自分の席に座らせると、黙って帰ったという話だった。スタッフに言って男を摘《つま》み出すこともできたのに、それもせず。

だからって？　こんなのってアリ？

争いを好まず引いてしまうのは一の王子らしいと思ったが、それにしたってあんまりだ。激しくなった動悸《どうき》を抑えつつ、わたしは口を開く。

「これは先方の一方的事情で、わたしたちのプランに非があったわけではないですよ。そりゃ結果は残念でしたけど」

ここでわたしが声を荒らげてもどうしようもない。まずは明らかに気落ちしている上司のフォローだ。二の王子にがっくりしている姿なんて、似合わない。

「俺はね、深紘に申し訳ないんだ。こんな事故物件を勧めてしまったことがね」

「ジコブッケン……」

項垂《うなだ》れる明島室長はいつもの偉そうな態度ではない。わたしは彼の姿に何か胸に刺さるものを感じてしまう。室長はこんなにも年の離れた従兄《いとこ》のことを思っているのにと、気の毒になってくる。

「でも、悪いのは向こうです。乗りこんでくるほど深い仲の人がいながら、森里課長に会うことにしたんですから」

無性に相手の令嬢にぐつぐつとした腹立ちを覚えた。

そんな人がいるなら、見合い話など最初から持ちこまなければいいではないか。もし、〈プリマ

〈ヴェーラ・リアン〉でこういうことが起きたら、誠意ある対応を求め、場合によっては違約金を考えてもらうだろう。

「深紘が言うには、母親のほうは乗り気だったみたいだ。コンサート会場でも最初からテンションが高くて、ぐいぐい娘を勧めてきたって言うから。つまり令嬢はそういう男がいることを家族の誰にも言ってなかったんだな。それか認めてもらえてなかったか……」

「でもっ」

向こうにもいろいろ事情はあったのかもしれないが、それで済む問題ではない。男に乗りこまれた身にもなれと言いたい。

「森里課長……、きっと傷つかれたでしょうね」

わたしは温厚だと聞く一の王子の顔を脳裏《のうり》に浮かべる。

「あいつ、あまり感情を出すタイプじゃないから、表面上はいつもどおりだけどな」

「じゃあその分、明島室長が怒っているわけなんですね」

「えっ?」

明島室長は意外そうな顔をわたしに向けた。

「どうかしました?」

感情のままつい勢いで言ってしまったが、何か失言しただろうか。

「いや……、お前、面白いなって思って。人のことなのに、ムキになって怒るし」

怒っているのは室長のほうではないか。

「ムキになって、ってどういう意味ですか。わたしは当たり前のことを言ってるつもりですけど。せっかく立てたプランがこんなことで失敗してしまったんですよ。これはちょっと納得いかないかなって」

自分でも体験してみたいと思うほどのデートプランだったのだ。わたしだって文句くらい言いたい。

「それもそうだな。あのフレンチのあとはタワーホテルのカクテルバーで夜景を見ながら良い感じになったら、取っておいた部屋で……」

「ああっ！　もういいです。それ以上は」

やっぱり部屋を取ることまで考えていたか。

わたしは急いで明島室長の言葉を遮《さえぎ》る。

プランを立案していたときのことを思い出したのか、室長はどこか人を食《く》ったニヤニヤ顔になった。

いつもならイラッとしてくるその顔に、少しほっとする。どうやら室長の落ちこみの峠《とうげ》は過ぎたようだ。

室長がこんなに落ちこむなんて、もしかしたら打たれ弱いのかと気になっていた。でも、こうして気持ちを切り替えて立ち直れるのなら、変に心配することはないと思い直す。

今回のことは、わたしにとってもかなりショックな出来事だ。それでも深紘氏はこれからもデートのプランを任せる気でいてくれるのか、気になってきた。

わたしは改めて訊《たず》ねてみる。

「前にもお訊《き》きしましたけど、あの、森里課長は本当のところはどう思ってらっしゃるんですか？」

「深紘がどう思ってるかって、それは今後も俺たちがプランを考えることについてか？」

「あ、そうです。はい」

しまった、言葉足らずだった。けれど室長はわたしの言いたいことを察してくれる。それがちょっと嬉しかった。

「んー、笑ってたな。これ以上ない、良いプランを頼むって。実を言うと、あのフレンチの店、楽しみにしていたみたいで、カッコつけて食事に手をつけずに出てきてしまったことを残念がってたよ。そうだ、次はドライブも良いなって言ってたな」

「……そうなんですか。……ドライブ」

深紘氏は乗り気ということか。これは少し意外だった。いくら周囲に結婚をせっつかれても、従弟《いとこ》が立てる婚活プランに本気でつき合ってくれるなんて思っていなかったのだ。

「ドライブか。ちょっと考えてみるか。日帰りでも良いし、一泊くらいの泊まりも良いな」

「あの、室長？」

まずはお相手がいないことには始まらないし、初対面の相手と一泊などあり得ないと思うのだけど。タブレットを引き寄せて楽しげに思案し出した明島室長に、どうストップをかけたものか、迷う。

もう先にドライブでプランを考えておいても良いか。

数回街中でデートして、互いの距離が縮まってきたら、次はドライブに行きませんかと誘えるかもしれない。

すっかり復活したらしい室長を見ながら、わたしは言った。

「では室長、さっそく近郊の観光施設などのリスト作りますね」

このとき、わたしは失念していた。

候補として挙げた店や場所には、余程のことがない限り室長とわたしの二人で出向くことを。計画倒れにならないように、実際に行って自らの感覚で確かめるということを――


「だからですね。どうしてこうなるんですか!?」

今日一日頑張れば、明日は休みとなる金曜日。わたしは、右隣でハンドルを握る上司の横顔をこれでもかと目一杯、力をこめて睨《にら》みつけていた。

「出る前に説明したろ？　車でないと行けない店に行くって」

それに対して澄まし顔で答えるのはもちろん、二の王子、上司の明島裕典だ。

今朝、明島室長は出社すると、既《すで》に業務の準備を始めていたわたしに向かって、「今日も地味だな」と言い放ち、「出かけるぞ」と続けた。

わたしは頷《うなず》き、黙って広げていた資料をしまい、部屋の奥のロッカーにかけておいた上着を手に取る。

そのとき、口紅だけ少し濃い色に塗り直した。別に地味と言われたことを気にしたわけではない。

ちょっとした気まぐれだ。

部屋を出ると、廊下を歩いていた総務部の女子とすれ違った。彼女は明島室長には憧憬《しょうけい》の眼差《まなざ》しを向け会釈《えしゃく》をするも、わたしにはフンと顔を横に向けた。そんなあからさまな態度に小さな溜《た》め息が出る。

地下の駐車場で、社長用黒塗りのセダンに並べて停めてあったのは、国産ハイブリッド車。それに乗るように言われ、助手席に乗りこんだ。

このときわたしは、てっきり昨日提案したイタリアンのリストランテに行くと思っていた。ちょうどランチの始まる十一時ぐらいに着けそうな場所にあることもあって。

その店は、市郊外近くの高速のインターからすぐのところにあり、先日のフレンチ同様、グルメ情報サイトで上位にランクインしていた。

その店を提案した理由はランキングからだけではない。及川さんが、行ってきて良かったと太鼓判を押していたのだ。及川さんと行く美味しいお店巡りで知った彼女の舌に、わたしは全幅の信頼を寄せている。

けれど、車の進路はリストランテとはまったく違う方向へ向かっていた。山方面に進む。

「イタリアンはまた今度な。せっかく車出したんだから、もうちょい奥に行く。ドライブデートの検証をしよう。チーズケーキの美味しい店があるんだ。ハンバーガーのランチもやってる」

「そのお店は知ってますが、ドライブデートの検証って……」

明島室長が言うチーズケーキの美味しい店とは、前にテレビ番組に取り上げられたところだ。

ケーキ以外に食事メニューとしてやっているハンバーガーが紹介された。厚いパテを新鮮野菜と一緒に手作りバンズに挟んだハンバーガーは、美味しくてボリューム満点と、放送後は大盛況。今は少し落ち着いたらしいが、週末なら並ぶのを覚悟しないといけないと聞いていた。

セレブ感を意識したフレンチやイタリアンも良いが、こういったカジュアルな店も悪くないなと、わたしも次の次辺りに提案するお店の候補に考えていたのだ。

「嫌なのか、ドライブ。お前だって、ドライブプランを考えてたんだろ?」

「それはそうですけどっ」

「プランは一度なぞってみることにしてるよな」

「……わたしの考えてたプランとコースが違います。それに室長はわたしのドライブプランを鼻で笑いましたよね」

わたしが提案したのは、海を見に行こうというものだ。別に泳ぐためじゃなくて、海岸を散歩するだけで心はときめくと考えたのだが、今どきどこの少女マンガだと笑われたのだった。

だってあの森里深紘氏を思い浮かべると、そんな気になってしまう。

いわゆる研究者肌の草食系で、昼下がりのカフェテラスで本を読んでいるのが似合いそうな人だ。間違っても知り合ってその日にお持ち帰りする某王子のような肉食ではない。

次のお相手のご令嬢も、写真と釣書《つりがき》を見る限り楚々《そそ》とした大和撫子《やまとなでしこ》だった。そのくらいのほうがちょうどいいと思うのだが。

「提案してきたのがあれじゃ、ちょっと心配になってさ。車で出かけるのは、互いの距離が縮まってからって言うけど、案外出かけたらなんとかなるもんじゃないか？　もう少し、くだけたものがいい」

「でも初めてのドライブデートですよ？　いきなりはハードル高いですって」

「……ったくお前さあ、これまでどんな恋愛してきたんだ？」

「――うっ。そんなの今、関係なくないですか？」

なんでそういうことを言ってくるかな――

わたしには、人に自慢できるほどの華々しい恋の話はないし、今はそういう相手もいない。

振られた原因がアレだったのをいまだ引きずっている。だから、ナチュラルメイクという名のほぼスッピンでいるわけで……

嫌なことを思い出してしまった。

わたしは不機嫌に歪《ゆが》みそうになる口もとを見られたくなくて、左を向くとシートに深く身を沈める。

道は徐々《じょじょ》に建物が減り、アップダウンを繰り返す。トンネルを抜けると、鬱蒼《うっそう》とした緑の木々が続く山間に景色が変わっていた。ここまで来たら目的の店までもう少しだ。

「……おい、黙るなよ。俺、何かお前の地雷踏んだ？」

「別にそういうことはありません」

変に隠す気はないが、あまり触れられたい過去ではない。

「なあ、今さらだが、俺と車で出かけるのは嫌だったのか？」

室長はどこか焦《あせ》っているような口ぶりだった。

気を遣わせたみたいだと、なんだか申し訳なくなる。

「本当に今さらですね。……でも、そんなことないです。室長とはもう何度か食事に行きましたし」

一緒にいて疲れる人と度々出かけるのは、かなりのエネルギーが必要だ。ましてや食べるという行為はある意味自分をさらすことでもある。それなりに信頼がないと続けるのは難しい、とわたしは思う。

「だよな。距離なんてとっくに縮まっているし。なんたって俺とお前は……」

「わーっ!! チ、チーズケーキ!! 楽しみですね!!」

いきなりあの一夜のことを言われそうになり、わたしは遮《さえぎ》るように言葉をかぶせた。運転中の明島室長の口を物理的に塞《ふさ》ぐわけにはいかなかったので、大声で阻《はば》むしかなかったのだ。

「チーズケーキ楽しみか。なら問題ないな」

「……はい」

わたしは呼吸に合わせて小さく溜《た》め息をつく。

不首尾に終わった一の王子の一回目のデートからこっち、わたしへの室長の態度が変わったような気がするのだ。

なんというか、こっちの気も知らず、あの夜のことを、こうして話にぶっこんでくる。

異動になった直後は、室長も名前を偽《いつわ》っていたという後ろめたさがあったからか、話題にしなかったというのに。

室長にとっては大したことじゃないのかもしれないが、わたしはたまったものではなかった。そのたびに、反応してしまうのだ。意識しすぎていると、自分でも思うのだけど。

「その色、似合ってるな」

「はい？　色？」

いったいなんのこと？　唐突な言葉にわたしは首を傾《かし》げ訊《き》き返す。

「口紅だ。それくらい鮮《あざ》やかな色、普段からつけていればいいのに」

「あ、これ……」

わたしは、自分の唇に手をやる。

口紅を変えたら地味と言わない？

車はさらに細くなった山道に入り、カーブが増えてきた。

ハンドル操作に忙しいのか、室長はそれ以上何も言わない。

わたしは、なんと返事をしたものか見つけられず、膝《ひざ》に視線を落とした。


「なんなんですか、これー!!」

山間の開《ひら》けたところにあったのは、峠《とうげ》の茶屋のような、木立を背にしたログハウス調の小さなお店。

店の前の空地に車を停め、いざ中に入ろうとしたら、ドアには張り紙が一枚。「店主都合により一週間休業します」とあった。

「こりゃ考えてなかったな。休みとは」

さすがに明島室長も予想していなかったのか、どこか間の抜けた声になる。

「確かめてなかったんですか⁉」

「やってるって信じてたんだ。定休日は月曜日だったはずだし」

営業しているかどうか確認しなかったのか、この人は。電話一本かければ済むことではないか。

「仕方がないな、別の店探すか。そろそろ腹も減ってきたし」

「――あ」

室長の一言に釣られたのか、わたしの腹の虫が盛大に鳴る。

わたしは恥ずかしさに悶《もだ》えながら、車へと踵《きびす》を返す。その拍子に、足もとを砂利《じゃり》に取られてよろけた。

「おっと。大丈夫か？　そんなに腹が減っていたとはな」

わたしはしっかり室長の腕に支えられ、倒れずに済んだ。

それは良かったのだけど、彼の広い胸にすっぽり収まってしまう。さらには顔を覗《のぞ》きこまれて、羞恥心《しゅうちしん》が膨《ふく》れ上がった。

「ち、違――、あの、あの……」

顔が熱かった。きっとわたしは真っ赤になっているだろう。

「何？　聞こえないな」

「だ、大丈夫ですから――。は、離して、離してくれませんか？」

なんとかそう絞《しぼ》り出したわたしに、室長はニヤリと笑む。

その顔に、なんだか既視感《きしかん》。嫌な予感が――

「ああ、つい抱き心地を思い出していた」

言われて、思い浮かべるのは、あの日しかない。

「――っ!!」

わたしは室長の腕を払いのけると、身を捩《よじ》って脱出した。

まず礼を言うべきなのに、と頭の隅《すみ》ではわかっていても、どうしてかこの人といると感情が先走る。もう少し理性で動けると思っていたのに。まったくもう。

いや今からでも、冷静になるのだ。室長はからかっているだけ。わたしをことあるごとに煽《あお》って楽しんでいるのだ。それに振り回されたくない。

わたしは、この辺りにあるお店はないかと、スマートフォンを取り出し検索をする――だが。

「あの、ここから近いお店なんですけど……」

「わかってる」

すべて言う前に、室長は答えた。いや、多分この近辺の施設などとっくに調べていたのだろう。すぐ行ける距離に店などないと知っているのだ。

「……まだ腹は平気か？　この山を越えて隣町に入れば、オムライス専門店があるはずなんだが」

「ああ、ケーキとオムライスが美味しいお店がありますね。ここからなら車で一時間くらいでしょうか」

聞いた町名を再び検索して、わたしは答える。

「そこへ行くか。もと来た道を戻るよりも速い」

ここまで来るのに二時間かかっている。隣町で食事をしても、高速を使って帰れば終業時間には間に合うと計算して、わたしはほっとした。

「実際のデートがこんなことになったら、大変だよな。事前にわかって良かったじゃないか」

「――ですね。でもこういうときこそ、リードする側の真価が問われるんじゃないですか？」

わたしはつい皮肉を返す。

「言うなあ。相変わらず負けないよな、お前。さっきは腕の中で可愛かったのに」

「はいはい」

今度は受け流すことに成功する。わたしは足もとに注意しながら車に戻り、助手席に乗りこんだ。

ふわふわとろとろの卵を堪能《たんのう》できるオムライスと、甘いスイーツを楽しみにする。

ところが――

「すまん、道間違えた」

「多分、さっきの細い道だったんですね。そこまで戻りましょう」

車を停めた明島室長は、ナビゲーターで現在地を確認し「はあ」と溜《た》め息をついた。

ナビで曲がるよう指示が出ていたが、あまりの道の細さに躊躇《ためら》い直進してしまったのだ。

なんでこうなる。今日は何か祟《たた》られているのか？

「Uターンするには道幅が狭いから、無理だ。それに、ここにずっとはいられない。対向車が来たらやり過ごせないし」

「どうしましょう？」

バックギアに入れ、間違えたと思《おぼ》しき分岐まで戻ることも考えないではなかったが、慣れない山道でそれは危険だろう。

「……このままもう少し行ってみるか。ナビによると、ここを抜けたら街に出るみたいだし」

室長はナビの画面を縮小して、広範囲を表示させる。

「そうですね」

ナビには、オムライス店がある町のさらに隣町へ出る、インターの入り口が表示されていた。

もうお腹が空《す》いたのどうのとは言っていられない。下手したら遭難？　それは、さすがにないにしても、ナビ頼りの今、選択肢は他にない。

「ガソリンは十分あるからガス欠の心配はないよ。でもこっちがガス欠で倒れそうだな」

「大丈夫です。一食抜いたぐらい。その分夜、食べますから」

「頼もしいな」

わたしを元気づけるように言って、ふっと笑った室長の横顔に胸が小さく鳴った。空腹は胸まで鳴らすのかと思おうとしたが、その違いぐらい自分でも承知している。

わたしは室長の様子を気にしつつ、対向車が来ないことを祈った。助手席に座る身ではその程度のことしかできない。

そのまましばらく走ると、やがて道幅もある少し整備された道に出た。

「良かった。広い道に出た」

室長が、ほうっと安堵《あんど》の吐息を漏《も》らした。わたしも同じように息を吐く。慣れない山道だったため運転は慎重になり、思いのほか時間が経《た》っていた。

「どこかで何か食べて、高速使って帰ると……、会社に戻るのは終業時間ぐらいですね」

またもスマホで検索。現在地を確認して、会社に到着する予定時間を割り出す。

「そうだな。遅くなるついでにあの辺に寄っていくか？」

「え？」

わたしは今日一番、驚いた。胸がぎゅっと締めつけられ、呼吸を忘れる。

明島室長が目をやった先は、インター近くならではのホテルの群れだ。中には白亜の城を模《も》したものもあり、まるでテーマパークのようにも見える。夜ともなれば、煌《きら》びやかなネオンが瞬《またた》くのであろう。

「あ、あれって……」

何をするためのものか、わからないはずがなかった。

「頼めば、何か軽食くらいは用意してくれるだろ」

室長のその口調は、オムライスの店を提案したときと変わらない。

まさか本気で軽食目的だとでも？

ずっと運転していたから、純粋に休憩を取りたいだけなのかも。だったら、一も二もなく賛同し、向かうべきだ。

けれど、どう見てもアレを目的としたホテルなのだ。純情ぶる気はさらさらないのに、「じゃあ行きましょう」とは言えなかった。だから、口から出た言葉はまったく別のもの。

「……ああいうところ、よく利用してるんですか？」

「昔、面白がって行ったことはあるな」

どこか楽しげにも聞こえる声音《こわね》で返され、わたしは自分のした質問を後悔した。

室長がこれまであれこれ経験しているだろうことは、わかってるつもりだった。でも今、笑って理解を示してあげられるほどの余裕が自分にはない。

「気になるなら行くか？」

「行きませんっ!!」

軽くお茶に誘うように言われ、わたしはつい強い口調になった。こんなにきつい言い方する気はなかったのに。でもここでホテルに行くのは、どうしても嫌だ。

もしかすると過去に面白がって行った人と同じに扱われるのが嫌だったからかもしれない。

「そんなムキになるなって。俺だって考えてるんだからな」

一度、既《すで》に肌を重ねているのに、何をもったいつけてと思ったのだろうか。

「何をです？」

だから、わたしはこれ以上ないほどに素《そ》っ気《け》なく答えた。

そうやってからかい口調で、どうとでも取れるような態度をするのはやめてほしい。

振り回されたくないのだ。

あの夜は事故。彼に恋したなんて気の迷いだ……

そこまで思いを巡らせると胸の奥がズキッとした。

さっきからおかしい。そもそもこうして室長の言葉一つで揺れてしまうこと自体、どうかしている。

どうしてこんなことを思うのか。もしかしてわたしは、本気で明島室長のことを……？　そんな、まさか——……

「冗談だよ。もう少し行けば、コンビニがあるみたいだな。そこで食べるものを仕入れよう」

不意に室長が言った。

「——もう。お腹空《す》いて意識が飛びそうなのに！　ホテルに誘われたのかって、びっくりしちゃったじゃないですか」

わたしは膨《ふく》れ始めた想いをなんとか胸の奥に収め、明るく返す。

本当に明島室長は軽い冗談のつもりだったのだ。すぐにコンビニの話を始めたし。マジに受け止めちゃって、わたしったら。

コンビニを見つけたわたしたちは駐車場に車を停めると、手軽に食べられる菓子パンと飲み物を買った。

今は本格的なブレンドコーヒーを扱っているコンビニが多く、なかなか侮《あなど》れない。

車に戻ると、わたしはすぐにパンを頬張《ほおば》った。何かを口にしていないと、あらぬことを言いそうだ。

「美味しいハンバーガーとチーズケーキのはずが、オムライスになって、それがコンビニのパン。もっと言うなら、今日のランチはイタリアンだったはずなのに！　これって『わらしべ長者』の逆バージョンみたいですね」

コーヒーの入ったカップを啜《すす》りながらそう訴えた。すると室長は、面白くなさげな顔で、「言ってろ」と子供のように口を尖《とが》らせる。

そんな仕草に図《はか》らずもまたドキリと胸を鳴らしたわたしは、慌《あわ》てて言葉を探す。それが憎まれ口になっても、改める余裕はなかった。

「室長って意外に方向音痴だったんですね」

「初めて走った道だったんだ。そういうこともある」

お腹も一杯になり、少し落ち着いた。

さっきの感情は、空腹からくる幻覚だったのだと自分に言い聞かせる。そもそもわたしがどうして明島室長と、って――

わたしたちの出会いは、すべて嘘だったのだ。あのとき騙《だま》されたことを忘れてはいけない。

そんな、もうとっくにどうでもよくなっていた感情を無理やり引っ張り出して、自身を戒《いまし》めてみる。でも既《すで》に、あのとき覚えた腹立ちすらも想いの一部と変化していた。

わたしは自分の気持ちを誤魔化せなくなっている。今は上司と部下で、それ以上でもそれ以下でもないいつもりだったのに。

これは本格的にやばい。

「車、また停まってしまいましたね」

インターから高速道路に入り、わたしたちは会社のある街に向かっていた。初めは調子良く流れていた車だが、市内の高速に乗り入れたころからもたつくようになっている。

「ちょうど夕方の渋滞時間だな。こんなことなら一般道を走ってきたほうが良かったかもな」

「これぱかりは仕方がないですよ。それに、また迷ったらどうするんです？」

「大丈夫だ。そうそう迷うか。ナビがある」

「そのナビで山の中迷っちゃったんじゃないですか」

他愛もない会話。ただ遣《や》り取りしているだけなのに、なぜか嬉しくなってくる。

どうしよう、これではまるで恋を知ったばかりの乙女のようだ。

「お前、可愛くないな。まったくさんざんだったよ、今日のリサーチは」

「最初からあの郊外のリストランテにしておけばよかったんです」

「それをまた言うか。しつこいぞ」

「だって、期待していたパスタのセットを食べ損ねたんですよ。せっかく及川さんが美味しいって教えてくれたのに。デザートのドルチェも楽しみだったし」

「及川……ああ営業部の彼女ね」

明島室長は及川さんのことを知っていた。

女子社員をすべて把握しているのかもしれない。なんと言ってもチャラ男の二の王子だ。

そう思ったら、つきっと胸に小さな痛みが生じた。

わたしときたら、こんなことで揺れてしまうなんて。

「そのイタリアンの店は来週にでも改めて行くことにしよう。……この分だと七時すぎるな。俺は社に戻るつもりだが、お前はどうする？　なんだったらお前の家に回ってやるぞ」

「へ？　あ、うち、ですか？」

そうか、そういう方法もあるのか、とシートベルを締めたまま身を起こす。

でも、わたしは断った。

「いいえ、わたしも会社に戻ります。業務をそのままにしてきたので、パソコン立ち上げっぱなしになっていると思いますし、戸締まりもしないと」

「それくらいなら、俺がやっておくが？」

「そうですか？　じゃあお願いしようかな」

本当のところは離れ難《がた》く、もっと一緒にいたいと願っていた。なのにそんな想いを持っていることが後ろめたくて、気持ちを隠すように、口では逆のことを言う。

「やっぱりやめた。最後までつき合え」

「えー、なんなんですか、それ。一旦その気にさせといてやめるなんて、ひどいですよ」

そんな舌の根も乾かないうちに覆《くつがえ》すなんて、と言い返す。

「ひどいだと？　お前な――」

ちらりと目線をわたしに投げると、室長は深く息を吐いた。

郵　便　は　が　き

料金受取人払郵便

渋谷局承認

7227

差出有効期間
平成28年11月
30日まで

1 5 0 8 7 0 1

0 3 9

東京都渋谷区恵比寿4−20−3
恵比寿ガーデンプレイスタワー5F
恵比寿ガーデンプレイス郵便局
私書箱第5057号

株式会社アルファポリス
編集部 行

お名前	
ご住所　〒 TEL	

※ご記入頂いた個人情報は上記編集部からのお知らせ及びアンケートの集計目的以外には使用いたしません。

ご愛読誠にありがとうございます。

読者カード

●ご購入作品名

●この本をどこでお知りになりましたか？

年齢　　歳　　　性別　　男・女

ご職業　1.学生（大・高・中・小・その他）　2.会社員　3.公務員
4.教員　5.会社経営　6.自営業　7.主婦　8.その他（　　　）

●ご意見、ご感想などありましたら、是非お聞かせ下さい。

●ご感想を広告等、書籍のPRに使わせていただいてもよろしいですか？
※ご使用させて頂く場合は、文章を省略・編集させて頂くことがございます。
（実名で可・匿名で可・不可）

●ご協力ありがとうございました。今後の参考にさせていただきます。

どうしたのだろう？　まさか気づかれた？　わたしが胸の内に抱《かか》えている想いに。

「同じ言葉を返しておくよ。家に連絡しておけ。仕事で遅くなるって」

「どういうことですか？　も、戻ったら仕事なんですか？」

言いながら、わたしの心臓は早鐘を打ち始めていた。

でも室長の横顔からは、何を考えているのか、よくわからない。

「そう、残業な」

「えー」

不服そうに答えながら、ともすると一気に芽吹いてしまいそうな喜びを理性で律《りっ》する。わたしはいったい、これからどうしたらいいのだろう。


時刻は七時半をそろそろ過ぎたところ。ほぼ明島室長の読みどおりに社に戻ったわたしたちは、車を来客用駐車場に停めると、裏に回って社員通用口から本社ビル内に入る。

「営業はまだ人がいるみたいだな」

「そうですね」

外から見上げたとき、四階の西側にだけ灯りが点いていた。その上階、総務部のある五階は、きれいに消灯されている。役員室にも人は残っていないということだ。

「じゃ、先に行ってくれ。俺は四階の営業に声をかけてから行く。電気のスイッチはわかるか？」

「はい、大丈夫です」

エレベーターを四階で降りた明島室長を見送り、わたしは五階フロアに立つ。背後でエレベーターのドアが閉まると、辺りは一瞬にして暗闇に包まれた。

「えっと、電気は……」

大丈夫と答えたが、その実、スイッチの場所がわかっていなかったわたしは、手探《てさぐ》りで探す。真っ暗な廊下で動くには、エレベーターの階数表示の僅《わず》かなライトが頼りだった。緑色をした非常口の案内灯がおぼろげに浮かんでいるが、今は役に立たない。

こんなことなら大丈夫なんて言うんじゃなかった。自分も室長について四階に行けば良かったかも。

悔やんでも遅い。

「嘘。ないの？　この辺よね？」

エレベーターの右側だったと思ったのに……

何度手を伸ばしても、スイッチらしき感触はない。

そのとき、誰もいないはずのフロアの奥から、かつかつとこちらに近づいてくる音に気づく。加えて、ちらちらと小さな光が揺れ動いているのを視界の端で捉《とら》えた。

「え、え、ええーっ!?」

こんな真っ暗なのに、奥に人がいるの!?

叫びそうになるのをこらえて、エレベーターのボタンを押す。ドアが開いたら乗りこみたかったが、運の悪いことにエレベーターは二階で停まっていて、すぐに上がってきそうもない。

「ひっ」

小さな光が近づいてくる。

わたしは足が竦《すく》んでしまって動けなくなった。そのままズルズルと壁にもたれてしゃがみこみ、ぎゅっと目を瞑《つぶ》って耳を塞《ふさ》ぐ。

心の中では、早く室長に来てほしいと、名前を呼んでいた。

裕典さん、と――

「おい？」

「きゃあああああああー、やあああああああー、ゆ、裕典さーあんっ」

ぽんと肩を叩かれて、わたしは声を上げる。

「お、おい、古池……さん？　おい、梓沙っ!!」

「え……？　室長……？」

またも叫びそうになったが、はっきりと自分の名を呼ぶ声がして、弾《はじ》かれたように目を開ける。

周囲は明るくなっていて、驚いた顔の明島室長が中腰でわたしの顔を覗《のぞ》きこんでいた。

「なんて声上げるんだ。びっくりするじゃないか」

「……あ、あれ？　室長、どこから……？」

エレベーターはまだ二階を表示していた。

「は？　どこからって、階段だ。エレベーター、さっきから二階で停まったまま動かなくてな」

「階段……」

そういえば、とわたしはフロアの奥に階段があったことを思い出す。前は毎日のように利用していた階段だ。

「お前、こんなところに座りこんで何やってたんだ？　電気のスイッチわからなかったのか」

「……はい。エレベーター降りてすぐだと思ってたんですけど、暗くてよくわからなくて……」

差し出された手につかまり立ち上がる。はっきりと「大丈夫」と答えていた手前、ばつが悪い。

「しっかりしてるようでいて、案外ドジなんだよな。お前って。スイッチはエレベーターの右な。お前からだと左だ」

なんだ、左だったのか。わたしったら勘違いしちゃって――なんて軽く言えれば良かったけれど、気まずくて何も言い返せなかった。

それに室長に向かって悲鳴を上げてしまったことが、恥ずかしくてたまらない。あともう一つ、取り返しのつかないことをしでかした気がするのだけど、考えるのが怖かった。

どうにか、こんなことになった要因を口にしてみる。

「ち、小さな光の玉みたいなのが見えたんですよ。真っ暗なフロアの奥でユラユラしてて……」

「光の玉――これか？」

室長がスーツのポケットから、リップスティックほどの小さな物を取り出した。するりと指が動き、先端が明るくなる。

「ミニライト……ですか？」

首を傾《かし》げながらわたしが言うと、室長は頷《うなず》いた。

「お前、スマホ持ってただろ？　暗かったらそれをライト代わりにすればよかったのに」

「あ、なるほど。じゃあ次からはそうします」

まったく思いつかなかった。そういえばそんなアプリを入れていたような……

人間焦《あせ》るとロクなことにはならないと肝に銘《めい》じる。

「……お前ってさ、やっぱり面白いよな。思ってることが割と顔に出てるし」

「え？」

「まったく、目が離せない」

室長はそう言うと、もうこらえきれないとくつくつと喉《のど》を鳴らすように笑い始めた。

「な、何がおかしいんですかっ⁉」

確かに、自分は笑われても仕方がないことをやらかした。でもそんな小ばかにするように笑うことはないのにと、悲しくなる。

「そんな顔するな。もっとイジメたくなるだろ？　今だって泣きそうな顔してるのに」

「……え？　あの、し、室長――」

気がつくとわたしの体は室長の腕に支えられていた。峠《とうげ》のお店の前でよろけたときよりも、しっかりと。

いやその前に、今わたしはよろけてはいない。大きな精神的ダメージを食らっていたが、ちゃんと自分で立っていたはずだ。つまりこれは……

室長が自らの意志でわたしを抱きしめているってこと？

「梓沙……」

「は、はい」

腕の中で名前を呼ばれて、わたしは体を強張《こわば》らせる。

さっき取り乱したときも室長に名前を呼ばれた。ここで「さすが上司、部下の名前はちゃんと知っているんですね」とちゃちゃを入れる余裕は、わたしにはない。

だってもう、室長の顔が目の前に迫《せま》ってきていたのだから。

「お前、本当に可愛い」

「あ……」

はふっと唇が柔らかなもので塞《ふさ》がれた。その正体が何か知っている。明島室長の唇だ。

わたしの胸はきゅうっと締めつけられる。憶えていたのだ、その感触を。あの夜交わした温《ぬく》もりを。

「あ、あふぅん、んん」

「可愛い、梓沙……」

違うのは、わたしの名前を呼んでくれていること。「春野」でも「敦子」でもなくて――

だから、この行為が「わたし」に向けられたものだと思えてしまう。

唇を甘噛《あまが》みされ、僅《わず》かに開いた唇の隙間《すきま》から舌が差しこまれた。縦横に蠢《うごめ》く室長の舌先が口内をなぞっていく。

もしかしたら室長は、ただあのときの体を重ねた行為を思い出しただけなのかもしれないのに。

「ああ、くそっ。最後まで責任取ってもらうからな」

「あの、し、室長――？」

責任って何？　最後までって、まさか？

そう思ったら、ずくんと疼《うず》きにも似た痺《しび》れを下腹部に感じた。

「あふぅ、んん、あぁ……」

重ねた唇の角度が変わって、深く合わさる。中に潜《もぐ》りこんできた舌が、縮こまっていたわたしの舌を搦《から》めとった。

わたしは息をするのがやっとで、膝《ひざ》ががくがくして崩れそうになる。

「来い」

「あ……」

唇を合わせたまま腰に力強い腕を感じたわたしは、連れこまれるようにして総務部の隣の元倉庫に入る。わたしたちの部署〈広報メディア企画課〉だ。

戸口にある電灯のスイッチを入れ、明るくなった部屋の中。そのまま応接セットの長椅子の上に押し倒された。

このまま何をしようとしているのか、たやすく浮かぶ。

良いのだろうか、このまましてしまっても。

まだ残っている理性がフル稼働する。

「あの――、し……室長」

「さっきみたいに名前で呼べよ。梓沙」

けれど室長は、気に入らなかったのか呼び直せと言う。

「名前……？　え、な、名前⁉」

自分にのしかかる重みを感じながら、驚いて訊《き》き返した。

名前で呼んだの？　室長を？　わたしが？　さっき？

口づけでぼんやりしかけている意識をなんとかかき集めて思い出す。ほんの少し前、確かに名前を言っていた。

「裕典だ。間違っても違う名を呼ぶなよ？　古池梓沙」

「ゆ……、裕典さ……ん……？」

「よし、良い子だ。梓沙」

わたしの上で明島室長――いや、裕典さんは、満足そうに唇の端を上げて笑みを浮かべた。

その間にも裕典さんは、わたしのブラウスの裾《すそ》をスカートのウエストから引っ張り出し、手を中に潜《もぐ》りこませようとしている。

「や……、ああ……ん」

下に着ていたキャミソールの薄い布越しに掌《てのひら》の温《ぬく》もりを感じた。それが何かもどかしくて、わたしは首を横に振る。

「良い眺《なが》めだな、お前」

「良い眺《なが》めって……」

自分の胸もとに目をやれば、キャミソールはブラウスごと大きく捲《まく》り上げられていて、ブラのレースが見えていた。

わたしは慌《あわ》てて胸を隠そうとするけど、腕に力が入らない。いや腕だけでなく、体に力が入らないのだ。

でもこのままなし崩しになるのは嫌だった。だって、ここは会社。別のフロアにはまだ人がいる。

「室……裕典さん。誰かに見られ――」

「他に人はいない。残業していた営業部の人間は、もう帰った」

裕典さんは、わたしの懸念を一つ取り除く。でも……

「あっ」

裕典さんの手がブラにかかり胸に顔を埋《うず》めた。

「俺が車の中でどんな思いでいたか、お前にわかるか？」

「あんっ」

胸に柔らかく濡《ぬ》れた感触を覚える。

ブラがたくし上げられて、露《あらわ》になった膨《ふく》らみの尖端《せんたん》が口に含まれたのだ。

「これでも今はお前の上司だし、一応帰すべきだと思ったから送るって言ったのに。お前は帰りたくないって顔をした」

「そ、そうでしたっけ？　でも裕典さんが、最後までつき合えって」

本当は憶えている。確かにあのとき、わたしは室長と離れたくないと思った。だけど、わたしは真逆のことを答える。

「お前がそんな顔をするから、そう言ったんだよ。内心と違うことを言うからな、お前は」

「ひゃあっ」

裕典さんの口の中で、膨《ふく》らみの尖端《せんたん》が転がされる。先ほど口づけでわたしの舌を搦《から》めとって吸い上げたように、今度は敏感な乳首に甘く歯を立ててねぶる。

「これが今日最後の機会だ。選ばせてやる」

「な、何を……ですか？」

「俺はお前を抱く。お前がどんなに抵抗してもな。だからここが良いか場所を変えたいか、選べ。さっきも言ったが、今会社にいるのは俺たちだけだ」

体を起こした裕典さんが、わたしを見下ろしてくる。

「そんな、どっちも抱かれることに変わりないじゃないですか」

「嫌か？」

「――っ」

抱かれることは、嫌ではない。心の奥にしまった想いのままに叶《かな》うならばと希《こいねが》う。

しかし、ここでそういう行為をしてしまったら、これからどうしたら良いのかわからなくなる。自分たち以外いないと言われても、受け入れられない。何かにつけ思い出して、まともに仕事ができなくなりそうだ。

「すみません、裕典さん……、あの、ここだとちょっと……」

「女性は雰囲気が大事だもんな。わかった、もう少し我慢するとしよう。だが焦《じ》らせてくれる罰だ」

「え？　きゃっ」

裕典さんは、わたしのスカートを捲《まく》り上げ、ストッキングの上から脚《あし》のつけ根に指を這《は》わせた。

すりすりと指先が、布地越しながら敏感なそこをなぞる。

そのたびに濡《ぬ》れた感触が貼《は》りつくのを感じて、わたしはもぞもぞと膝《ひざ》を動かす。

「感度良いな。上からでも湿《しめ》っているのがわかるぞ」

「あぁ……、や、やめて……」

楽しげに言った裕典さんは、ストッキングの両脇に手をかけ、ショーツごと引き下げた。下肢《かし》が無防備な姿をさらす。

「すごいな。こんなに滴《したた》らせて」

「ば、場所変えてくれるんじゃなかったんですかっ!?」

わたしは恥ずかしくて、脚《あし》を閉じようとあがく。

初めてではないにしろ、こんな格好を見られたくなかった。

「じっとしてろ。ちょっとした罰だ」

「バツって――ああ!?」

蜜口を隠す叢《くさむら》がかき分けられ、指をつぷっと中に入れられた。

「入っちゃった」

どういうつもりか、いい大人が、てへっと舌を出しそうな口調で言う。似合わないし、可愛くない。

「んっ」

わたしは眉を顰《ひそ》めながら、ゆるゆると中を擦《こす》る動きに耐える。これくらいの動きならまだ落ち着いていられた。

「この辺……、だったかな？」

裕典さんが、わたしの顔を覗《のぞ》きこみつつ指を動かす。まるで何か探《さぐ》るような――って、この動きはまさかっ!?

初めて抱き合ったときも、こうして腹側の膣壁を擦《こす》られた。そうしたら絞《しぼ》られるみたいな痺《しび》れが広がって……

「い、いや、やあ、あ、あ、んんっ」

あのとき覚えたものと同じ感覚だと気づいて、わたしはおののいた。

「アタリか」

わたしの反応から、そこが探すポイントだと知った裕典さんは、満足そうな笑みを浮かべ、埋《う》めこんだ指で細かな振動を与えてきた。

「だ、駄目……、あ、あっ、そこ、いやあ、はな……、離して、おね……がっ……いっ」

さらに強弱をつけリズムを刻むように擦《こす》られる。わたしは、「もう、やめて」と首を左右に振りながら下肢《かし》に伸ばされた裕典さんの腕をつかむ。

しかし、そんなことで彼を止められるはずがなく、両腕の手首をあっさり片手で纏《まと》められて押さえこまれた。

「ここ、そんなに嫌なのか？」

「嫌……駄目なの……」

裕典さんにじっと見下ろされ、わたしは声を震わせながら答える。指の動きが止まってほっとした。

「俺の指をきゅうきゅう締めつけてるのはお前だぞ？」

「でも、そこ……、触られると、あ、あの……」

わたしは言葉にするのを躊躇《ためら》ってしまう。

「ふうん？　ここ触られるとどうなるって？」

「きゃあああっ！」

裕典さんが抉《えぐ》るように指を動かす。たまらず、わたしは悲鳴めいた声を上げた。

手はつかまれているから動かせない。体も、のしかかられているから逃《のが》れることができない。コリコリと刺激され、背筋に這《は》い上がってくるものを感じ、ふくらはぎがビリリと強張《こわば》った。

「あ――……」

もうこれ以上は我慢できないと、胸を弾《はず》ませ背がしなる。けれど、不意に放り出された。打ち寄せた波が引くようにすうっと。

次の波がくる前の切れ間かと思ったがそうではない。言葉どおり、放り出されたのだ。中を散々擦《こす》っていた指が抜かれて、目の前にかざされる。

「ぐっしょりだ。お前の蜜《みつ》で、指がこんなに濡《ぬ》れてしまったぞ」

少し節のある男らしい指は、しとどに濡《ぬ》れて蛍光灯の明かりを反射させていた。

「そんなこと言われたって――えっ？」

手を洗ってくるか、何かで拭《ふ》くかしてほしいと思っていると、裕典さんは口に咥《くわ》えた。自分の指を……、そして舌でペロリと――

その表情が妙に扇情《せんじょう》的でドキリとする。

「お前の味だな」

わたしは、あまりのことに身悶《みもだ》えながら言葉をなくした。


それから裕典さんは、応接セットの長椅子に身を沈めたわたしを尻目に、てきぱきと帰り支度を済ませた。

乱れたわたしの着衣は、夜だし車だし上着を羽織《はお》れば大丈夫と、ブラウスの裾《すそ》はそのまま。引き下げたストッキングもショーツもおざなり程度に直しただけ。その格好でわたしは〈広報メディア企画課〉をあとにした。社員通用口から外に出て、今日一日のほとんど過ごしていた車に再び乗りこむ。

それから向かったのが、とある高級マンションだ。「どこ?」と問えば、「うち」と答えられた。

どうやら裕典さんのマンションらしい。

家を出るのを反対されたのが、そもそもの部署を作った発端だったから、てっきり祖父である社長と住んでいると思ったのに。目に入ったインテリアを始めとした家具は、どうみても男の一人暮らしだ。

どういうことか不思議に思いながらも、わたしは訊《たず》ねる機会もないままベッドに引っ張りこまれた。

「あ、ああんっ、あ、あ、ああ——っ」

そして今、わたしは裕典さんの部屋のベッドの上で、恥ずかしげもなく喘《あえ》がされていた。

ベッドサイドのスタンドがほのかに辺りを照らす。本を読むには暗いけど互いの姿を見るには十分な明るさだ。だから自分がどういう状態なのか、意識せずにはいられない。

身に着けているのはキャミソールだけ。ブラもショーツも既《すで》に取り払われている。

そのキャミの下で揺れる膨《ふく》らみは、裕典さんに揉《も》みしだかれ、両方とも尖端《せんたん》を硬《かた》くしこらせていた。薄いキャミの布地が擦《こす》れると、ビクンと感じてしまうくらい。

ベッドの足もとには、二人分の服が無造作に脱ぎ散らかしてあった。裕典さんのスラックスなんて、わたしのスカートの上で丸まっているし、ブラとショーツはどこに放り投げられたのか、ここからはわからない。

「んっ」

もう何度目か、ぐちゅっと唇が重なった。裕典さんの舌が、口内をかき回すように舐《な》め動き、わたしの舌を吸い上げる。おかげでわたしの口から顎《あご》にかけては、溢《あふ》れた唾液《だえき》でベタベタになっていた。

「そんなに脚《あし》を擦《こす》り合わせて。腰も揺れている。キスじゃ物足りないか？」

目を細めて意地悪く言う裕典さんを、わたしは唇を噛《か》んで見詰《みつ》める。

実はそのとおりだった。

会社で中を弄《いじ》られていたわたしは、服を剥《は》ぎとられてベッドに横たわるとすぐに欲情の火がついた。あのとき放り出されるように指を抜かれ、ずっと体の奥が疼《うず》いて熾火《おきび》のように燻《くすぶ》っていたのだ。

それなのに、裕典さんは口づけと胸への愛撫《あいぶ》しかしない。せいぜい脇腹を撫《な》で上げるくらいだ。わたしの体は感じて悶《もだ》えているけれど、下肢《かし》には触れてもらえず、痒《かゆ》いところに手が届かないようなもどかしさが募《つの》る。

裕典さんだって、ボクサーパンツの前を大きく膨《ふく》らませて、すぐ繋がれるほど硬《かた》く勃《た》ち上げているというのに。

でも、自分からねだるのははしたないように思え、わたしは言葉を呑みこみ首を振るしかない。

「どうした？　してほしいことがあるなら言えよ」

またも意地悪く言われてしまい、それでもわたしは首を横に振る。言えない。そんな恥ずかしいこと。

「――素直じゃないな」

裕典さんは呆《あき》れたような笑みを浮かべて、わたしの腿《もも》の内側に手を伸ばした。

言えずにいたことをわかってくれたのだろうか。

けれど裕典さんの手は、脚《あし》のつけ根までは上がってこない。すぐ際《きわ》までたどってきても、そこを避けてまた腿《もも》に戻ったり、近くまで指を這《は》わせても今度はそこを飛び越えてお腹を撫《な》でたりするのだ。それを繰り返されたわたしは、焦《じ》れてつま先をバタバタさせる。

ああ、もう駄目だ、我慢できない――

「あ、あの……、さ……、さわ、て……」

「聞こえない。もっと大きな声で言えよ。感じて声を上げるときはあんなに啼《な》くんだから」

「そんな――」

恥ずかしさを耐えて、やっと言葉にしたのに。

「……じゃ、いい……」

わたしは聞こえなかったなら仕方がないと、胸の内とは反対のことを言った。

「いいって……、ここを触ってほしいんじゃないのか？」

やっぱり聞こえていたんじゃないの、ひどいっ。聞こえなかった振りしてまた言わせようとしたなんて。

わたしはつい口を尖《とが》らせた。

「おい、拗《す》ねるなよ。どこを触ってほしいんだ？」

ほら言ってみろと促《うなが》されたものの、またもギリギリのところを撫《な》でられ、もどかしさで背中がびくんと跳《は》ねた。

言ったら触ってくれるの……？

わたしはきゅっと眉を寄せて、羞恥《しゅうち》に悶《もだ》えながら口を開いた。

「あの……、そこ……」

「そこって……、どこだ？　ここか？」

なんだか裕典さんは楽しそうにわたしを見下ろすと、脇腹から胸へと撫《な》で上げる。膨《ふく》らみを包みこむように掌《てのひら》で覆《おお》い、指の間から頂《いただき》の突起を覗《のぞ》かせて揺らす。

「ちが……んっ、そ……じゃ……ああ……」

本当にほしいところとは違うけど、ふるんふるんと胸を揺らされ、頂《いただき》から広がっていく痺《しび》れが心地良い。くすぐったさと緩《ゆる》やかな疼《うず》きがないまぜになって気持ち良く、わたしは体をよじった。

「これもイイんだ」

「そう、だけど……、じゃ、なく……て、お願い……、お……お腹の、下を……」

わたしの体は、あの夜に教えられた刺激的な悦《よろこ》びをほしがっている。

でもはっきりと名称を口にするのはとても恥ずかしく、曖昧《あいまい》な言い方で懇願する。

「――っ、お前。それってずるいと思わないか？」

「ずる……い？」

意味がわからず訊《き》き返すわたしを見て、裕典さんは困ったような表情で体を起こした。

「今日は、俺の気も知らないでさんざん振り回してくれたからな。ちょっと仕返ししてやるつもりで焦《じ》らしてたんだが、そんな可愛い顔でねだられちゃ応えるしかないだろ」

「振り回す……って……ふぁ、ああっ」

そんな振り回されたのはこっちなのに、と言ってやりたかったのに、裕典さんの指が脚《あし》の間の恥ずかしいところに滑《すべ》りこんできて、言葉は途中から喘鳴《ぜんめい》に変わってしまった。

「んあ、ああ――……」

蜜《みつ》を湛《たた》えているだろう秘裂にそって、指で何度も擦《こす》られる。やっと望んでいた悦《よろこ》びを得られ、わたしは脚《あし》から力を抜いた。

くちゅくちゅと粘性のある水音が上がり始め、つま先が反《そ》る。行き来する指の先が蜜孔を抉《えぐ》り、浅瀬を撫《な》で回しながら徐々《じょじょ》に深く潜っていく。

「ここを触ってほしかった?」

「ああんっ、あん、んっ、んあ、あ」

わたしは、がくがくと頷《うなず》いた。

それがいきなり――

「ひゃあああああああ」

わたしの喉《のど》から嬌声《きょうせい》が迸《ほとばし》る。

裕典さんの指が、肉裂の上にある敏感な箇所と体の内側にある快感のポイントを同時に擦《こす》ったのだ。

わたしは初めてさらされる刺激で一瞬何が起きたのか理解できず、息を詰《つ》めた。これも快感には違いない。けれど、このまま続けてされたら、自分がどうなるのかわからないという未知への恐れがこみ上げてくる。

「ひゃっ、ああ……っ、あう」

声を上げ、体をびくびくと跳《は》ね上げるわたしを見た裕典さんは、なおも二箇所を同時になぶり続ける。

強すぎる愉悦《ゆえつ》にさらされ、否応《いやおう》なくわたしの口から声が上がる。

「そんなに感じるのか？」

「や……っ、いや……あぅ……んくぅっ、んんっ……」

また下腹が絞《しぼ》られた。じっとしていられない。

わたしは、わけがわからなくなっていく自分を感じながら、首を振り、しきりに脚先《あし》でシーツを蹴っていた。

「すごいな、会社で弄《いじ》っていたときよりも一杯溢《あふ》れてくる。二箇所同時って、そんなに気持ち良いのか……」

そんな納得したように言わないで。違うのっ！　刺激が強くて、耐えているの。

訴えようにも、言葉にならない。頭の芯《しん》がぼうっとしてきて霞《かすみ》がかかったようになっていく。喘《あえ》ぐ息の中、腹の底から強引に押し上げてくる何かがわたしを翻弄《ほんろう》した。ここがどこなのかどうしてここにいるのか、もうどうでもよくて。

「ああっ、ああっ！」

つま先から頭のてっぺんまで駆《か》け抜ける刺激に悶《もだ》える。裕典さんに見られていると思うと、さらにわけがわからなくなって意識が飛んでいきそうだった。いや、実際飛んでいた。

「おいっ、梓沙!?」

「あ、あ、あ、あ、ああ――っ」

ついに、頭の中が真っ白になる。慌《あわ》てた裕典さんの声が聞こえた気がしたが、わたしはがくがくと体を震わせるしかなかった。

自分の中から生温かいものが噴き上がるのを感じて、意識が遠くなる。

ふと気づくと、わたしは荒い呼吸のまま力なく手足を伸ばしてベッドに横たわっていた。傍《かたわ》らには、目を見開いた裕典さんがいる。

「まさか、こんなにイクとはな」

「……行く？」

全身が気怠《けだる》かった。それに、気のせいでなければわたしは、初めて訪れた人の家で粗相《そそう》を――

その証拠に脚《あし》の間のシーツがぐっしょり濡《ぬ》れている。

いくらとてつもなく感じて前後不覚に陥《おちい》ってしまったからって、こんな恥ずかしいことはない。

「あの、わたし……っ」

慌《あわ》てたわたしは、謝らなければとなんとか半身を起こした。起こした体を支えている腕が震える。

あまりのことでもう気を失いそうだ。いっそのこと、消えてなくなりたい。

「噴いた瞬間を見たのは初めてだ」

「え？」

噴いた瞬間？　まさかそれって、話に聞く――？

「なんだ、お前。自分がどうなったのか、わからないのか？」

「わ、わたし、えっと……」

女の人の中には、感じすぎて、いわゆる潮《しお》を噴いてしまう人がいるという。

でも自分にそういうことが起きるなんて。セックスの経験なんて数えるほどしかないのに。

「お前、感じやすいって思ってたけど、すごかったぞ、こう……」

「きゃー!!　やめてー!!」

なんてことを言うのっ⁉

顔を両手で覆《おお》ったわたしは、そのままベッドに沈む。

粗相《そそう》をしてしまったわけではないとわかってほっとはしたけど、恥ずかしいのに変わりはない。

「それだけ元気なら、いいな」

「え？」

元気なら、いいなって……？

「今夜は寝かせない。もっとも寝るなら、リビングのソファになるが。ベッドの半分に染みを作ったからな」

「あ、あの、待って。わたし、ちょっと休みた……」

「あとでゆっくり休ませてやる。ほら、お前のここ、ぷっくり膨《ふく》らんでるぞ。もっと触ってくれって言ってるみたいに」

「そ、そんなの知りませんっ――ああんっ」

きゅっと敏感な部分を擦《こす》られた。

「なあ、あの夜以来、ここ自分で触ったか？　それとも誰かに――」

「そんな人、いるわけないでしょっ！」

わたしは冷や水を浴びせられたようなショックを感じて、声を張り上げる。

裕典さんにしてみれば、軽い冗談のつもりだったのだろう。もしかすると会ったその日に関係を持ってしまったわたしを、軽い女と心の奥で思っているのかもしれない。

でも違う。わたしは誰とでも寝てしまえる女じゃない。

「わ……、わたし本当に、裕典さんだけで……、パーティで会った人と関係したの、あの夜が初めてだったんです」

あんな夜を過ごしたのはあなたが初めてなのだと、信じてほしくて言葉を重ねる。

「……悪い。そうか、俺だけなんだ。そっか」

そう言って裕典さんは、どこか嬉しそうな表情をした。いや、それはわたしの勝手な推測だろうか。

でもそれ以上は、考えられなくなった。

裕典さんがまた下肢《かし》をまさぐりだしたのだ。指で膨《ふく》らんでいるという敏感な部分を捏《こ》ね、摘《つま》んだかと思うと押し潰《つぶ》す。さらに周囲を指で撫《な》でたあと、爪の先で弾《はじ》く。

そのたびにわたしの体にビクンビクンと電気が走り、体が跳《は》ねる。

「は、あ、あふ、あ、ああっ」

「本当に感度良いんだな。イッたばかりなのに、溢《あふ》れてきた蜜《みつ》がまたシーツに染みを作ってる」

指が出入りして中をかき回すたび、わたしはさらに腰を浮かせた。

「そんなに腰動かして、俺がほしいのか？」

「あっ、あ、んんっ、ほ、ほし……い……」

ほしかった。羞恥《しゅうち》もどこかにいってしまうほど、裕典さんの逞《たくま》しい屹立《きつりつ》が。お腹の中をはちきれそうなほど一杯にして奥まで突き上げる確かな存在が――

「やっと素直に言ったな」

ニヤリとする裕典さんに、わたしは何度も頷《うなず》いていた。

「あんっ、……な、か……い、ぱい……て……」

初めて抱かれたあの日、あまりの激しさで体がばらばらになってしまうと震えながらも、教えられた感覚がよみがえる。自分が自分でなくなって再び作り変えられるのにも似た瞬間――訪れる至上のひとときを。

「くっ、本当にお前はっ。……そうだな、胸も構いたいし、こっちも触りたい。腕が二本しかないのが残念だ」

「やんっ、な、何言って――っ、あ、ああ」

裕典さんがわたしの片方の膨《ふく》らみを鷲《わし》づかみにした。そのまま指の間から覗《のぞ》かせた乳首に口づけ吸いつく。

「そこ、枕の下にゴムがあるから。取ってくれ」

口に乳首を含みながら言う。

「ああっ、え……？　な、何？　ゴム……？」

「俺は今、手が塞《ふさ》がっている」

わたしは言われたとおりに、腕を頭の上に伸ばし枕もとを探《さぐ》る。すると小さな箱に指先が触れた。

「こ……、これ、ですか？」

「ああ」

わたしが取り出した個別にパッケージされたものを渡すと、裕典さんが体を起こした。ボクサーパンツから滾《たぎ》った昂《たかぶ》りを取り出す。それは尖端《せんたん》から雫《しずく》を零《こぼ》していた。

わたしは恥ずかしくなって、顔を背ける。でも気になって完全には目が逸《そ》らせなかった。

「ちゃんと着けるかどうか心配か？」

「べ、別に、そういうわけじゃ……」

きちんと避妊をするか確認したい、と思われたのだろうか。

「お前、男のものに興味あるのか？」

「な、ないですっ」

「あるんだな。わかった。今度ゆっくりレクチャーしてやるから」

ないと返事をしたのに、裕典さんは勝手に判断する。それとも今のわたしの顔はそんなことを思っているように見えるのだろうか。もしそうなら、いたたまれない。

そんなことを考えている間に避妊具を着け終えた裕典さんが、のしかかってきた。

下腹部で素肌が擦《こす》れ合い、熱い塊《かたまり》を意識してしまう。

「このまま呑みこんでしまいそうだな、お前のここ」

宛《あて》がっただけでぬるりと入ってしまいそうなほど、わたしの脚《あし》の間は滴《したた》る蜜《みつ》で濡《ぬ》れそぼっているらしい。わたしには見えないから、わからないのだけど。

「俺を感じろよ。今、入れるからな」

「……はい」

わざわざ断らなくてもいいのに。

でも嬉しかった。やっと一つになれるのだ。

裕典さんからは、好きだともなんとも言われていないけれど、こうして体を繋ぐことができることで、十分だった。

腰を持ち上げるように抱《かか》えられ、脚《あし》の間に裕典さんの昂《たかぶ》りが宛《あて》がわれたことを感じた。そして、ぬちゅりと圧倒的な存在感がわたしの中を侵《おか》していく。

「あれだけ慣らしたのに。お前の中、まだまだきついな」

「んっ、そ、そんなの——、あ、あぁっ、んっ」

だったらもっとわたしの体を知って。裕典さんには知っていてほしい。

「くっ、んっ、最高だ、お前」

「や、あぁ、あ、んあ、あああ、ああ」

にちゅにちゅと狭い蜜孔の中を広げながら、力強く裕典さんが押し入ってくる。わたしは、やっと奥まで満たされるのだと、うっとりと目を閉じた。

でもすぐには奥まで突いてくれない。多分半分ほどゆっくり押しこみ、にちゅりと抜くという行為が繰り返された。腰を揺らしながら突き入れる角度を変えてくるので、その都度、抉《えぐ》られ、熱欲の尖端《せんたん》を意識する。

「んあ……、あ……、ああ、あぁ、あ、あ、あ」

徐々《じょじょ》に裕典さんのものが深いところまで届きだした。

わたしの声は自然と息を切るように短くなる。抜き差しする律動に合わせて体が上下に跳《は》ねるのだ。このまま突き上げられ続けたら、勢いのままずり上がって、頭をヘッドボードにぶつけてしまうかもしれない。

そんなことを心配しながら揺すられていたら、いきなり目の高さが変わった。腰を抱《かか》えていた裕典さんの手がするりとわたしの背中に回り、一瞬にして抱き起こされたのだ。

「やあああ！　んんっ、ふ……、ふか、お、奥、あたっ、て――っ」

裕典さんの腿《もも》を跨《また》ぐように座ったわたしは、自分の重みで体に収めていた昂《たかぶ》りを奥深くまで招き入れることになった。みっちりと隙間《すきま》なく腹の中を押し上げる熱肉で息が詰《つ》まり、たまらずわたしは腰を浮かせた。

しかし裕典さんは容赦なくわたしの腰をつかみ直すと、上下に弾《はず》ませた。

「あ……っ！　あふっ、んっ、あんっ、ああっ!!」

わたしの喉《のど》から、さらに悲鳴に近い嬌声《きょうせい》が迸《ほとばし》る。体が引き下ろされるたび蜜《みつ》が溢《あふ》れるのか、ぬちゃりと粘りのある湿《しめ》った音が上がった。

体が沈むたびに腹の中を突き上げる感覚に耐えきれなくなって、わたしは裕典さんの胸に倒れこむ。

「おい、しがみついたら動けないだろうが」

言われたって困る。それに、この広い胸に顔を埋《うず》めていたいと思った。

うっすらと汗の浮いた肌に唇を寄せる。舐《な》めたかもしれない。

「――っ！　お前ってやつはっ。くそっ！」

「ひゃぁっ、ああ、あ、あ、あ」

どうして苛立《いらだ》ったように言うのかわからなかったが、裕典さんはわたしの腰をつかみ直すと、動きを激しくする。前後に揺さぶりながら持ち上げては勢いをつけて引き下ろし、蜜孔の奥深くを抉《えぐ》る。

そうしてわたしは、体に打ちこまれる楔《くさび》の激しさに悶《もだ》え、淫《みだ》らに腰を振りながら声を上げ続けるのだった。

室長と違って恋愛経験値が低いわたしには、どうすればいいのかわからない。好きな相手と厄介極まる関係になってしまった。ああ、溜《た》め息。

そうして迎えた月曜。わたしは普段どおり出社した。あれこれ考えてしまって少々寝不足のため、足取りは重い。

〈広報メディア企画課〉のドアを開けた瞬間、どんよりと机に両肘《りょうひじ》をついて項垂《うなだ》れている明島室長の姿が目に入る。

わたしと再び関係してしまって後悔しているのかと心配になったが、すぐに否定する。この人に限って、それはない。

わたしは、机を挟んで彼の前に立つ。

「室長――」

室長が顔を上げた。まったく精彩のない表情。それでもスーツをスッと着こなしていたのは、さすが御曹司だ。

「……梓沙か」

「っ!!」

名前を呼ばれ、わたしは顔を火照《ほて》らせ言葉を失った。

な、何よ、名前で呼ぶなんて!!　そんなのありなの？　反則でしょ？

こっちは仕事に差《さ》し支《つか》えると思って、内心でも名前で呼ばないように決意したというのにっ!!

わたしは心の中で、落ち着け落ち着けと繰り返しながら、口を開く。

「あの……、会社でその呼び名はどうかと」

誰が聞いているかもわからない。もしかすると廊下を行く人が、戸口で聞き耳を立てているかもしれないし。何せここは、社内の誰もが興味津々の新設部署〈広報メディア企画課〉だ。

「呼び名？　……ああ、すまない。気をつける」

はぐれた子犬みたいな顔で明島室長はわたしを見る。

「お、お願いします」

わたしは、バクバクし出した鼓動《こどう》に気づかれないように、咄嗟《とっさ》に背を向けて答えた。

そのまま部屋を横切り、奥のロッカースペースへ向かう。

着ていた上着をハンガーにかけ、ドア裏についている鏡に映った自分の顔を確認し、置いたままのカーディガンを手に取り席に戻った。

しかし、それでは辺りを憚《はばか》る話をするには少し遠いので、結局席を離れ再び室長の前に立つ。

「で、どうされたんですか？　朝から、そのなんと言いますか……」

「ああ、今度もまた……」

また？　またって何が？　わたしが「送っていく」って言ったのを断ったこと？

まさか、金曜日の夜のことを後悔しているなんてことはないでしょうね、と確かめたくなるのをこらえる。

いやいやなんでも結びつけてはいけない。自分のことから離れよう。

この光景、前にも見憶えがあるではないか。そうだ、あの不首尾に終わった森里課長のデートの翌日だ。

「室長……、まさか、またプランが……？」

「それな」

当たった!! 当たってほしくなかったことが、当たった――!!

「今回はどのプランを実行したんですか？」

「美術館巡りだ。そういうの、立てただろ？」

「ああ、美術館」

音楽コンサートがまったく思いもしなかったトラブルで潰《つぶ》れてしまったあと、気を取り直して次のお相手候補に合わせて立てたのが美術館巡り。候補に挙げた令嬢の一人の趣味に「絵画鑑賞」とあったからだ。

それに女性と話すのが苦手らしい一の王子こと森里深紘氏でも、美術館なら会話せずに済む。じっくり展示品を鑑賞しながら令嬢を観察し、美術館を出てすぐにあるカフェで一服。話題は見ていた美術品の数々……と、なるはずで。

それにしても、いつの間に次の相手と会うことになったのだろうか。けれど、今問題なのはそこではない。

「今度は前回のようなことには、ならなかったんですよね」

ああいうことがそうそう起きてほしくはないが、絶対ないとは言えない。

「男が乗りこんでくるようなことではなかった。だが……」

『だが』、なんです？」

「来なかった。ドタキャンされた」

「ドタキャンって……。あ、でも急用とか？　已《や》むを得ず、みたいな――」

苦々しく室長は言ったけど、わたしは好意的に解釈してみる。

「美術館の前で待っているはずの深紘から相手が来ないと電話があったのは、待ち合わせの時間から二時間は過ぎていた。驚いて先方に連絡すると風邪を引いたって言われたんだ。だったら行けないと判断した時点でなぜ連絡してこない」

「二時間……ですか……」

すごい、その間ずっと待ってたというの、森里課長は？

「でも風邪を引かれたなら……」

「仕方がない、か？　深紘もそう言った。だがな、俺は見たんだぞ。その夜ホテルのラウンジに彼女がいたのをな」

室長は悔しげに唇を噛《か》む。わたしは、それ以上はなんとなく想像できてしまい、訊《たず》ねるのをやめた。

令嬢はおそらく仮病だったのだろう。その元気な姿を室長はたまたま目撃してしまった……多分。

第二弾も上手くいかなかったということになるが、それも仕方ない。

「明島室長！　次のプランを考えましょう」

「お前……、っとに前向きだな」

室長が一瞬虚《きょ》を衝《つ》かれた顔になった。

「どうにもならないことってあります。それに、今回も上手くいかなかったのは先方の都合なので、わたしたちのせいではないと思います。こちらが気落ちする理由はありません。だから、だから、気持ちを切り替えないと」

「結局俺は何一つ成しえていない。また深紘に申し訳ないことをした。それがたまらない」

「室長……」

兄のように慕う従兄《いとこ》を思って項垂《うなだ》れているこの人に、わたしは何ができるだろう。

良い考えはすぐには浮かばない。

だからまず、美味しいものを食べよう。最近、食べることばかりになっている自覚はあるけれど、仕事の一環でもある。何より食べることは人間の基本。

「次を考えるにも先日行けなかったリストランテのリサーチ、どうですか？　パスタの他に煮こみ料理が美味しいと聞きました」

「お前……、わかった。そうだな。今日はこれから部課長会議だ。明日の昼に予約入れておいてくれ。夜でもいいぞ」

「ディナーよりランチです。コスパが高いんですよ」

わたしが言うと、室長は軽く笑みを浮かべた。

どうやら気持ちが浮上してきているようだ。落ちこんでも立ち直るのが早い。それにしても、部課長会議か。

「本当は今日にでも行きたかったのに、会議なら仕方ないですね。わかり――」

「そんな残念そうな顔をするな。またイジメたくなるだろ」

立ち上がり、室長はわたしの耳もとでそう囁《ささや》いた。

「――っ!!」

何が起きたのか、咄嗟《とっさ》には理解できずにわたしは息を呑む。

頬《ほお》に柔らかい感触を残して、明島室長……裕典さんは戸口に向かった。

そしてドアノブに手をかけて振り返る。

「今日の口紅の色、良いな」

「え――」

ああ、もう。なんてことだ。そんな態度をされると勘違いしてしまいそうだ。

わたしはよろけ、体を机で支えながら指で唇をなぞったのだった。


二度目のお見合い失敗から、はや二週間。表の業務も裏の業務も平常運転でこなし、次なるXデーのために資料を集めていたとある日の午後。明島室長とわたしは、珍しく客人を迎えていた。

社長秘書の吉瀬さんだ。

部署発足の初日、倉庫だったこの部屋から荷物を運び出させ、使えるようにしてくれたのは彼だが、それ以来ここには来ていなかった。

吉瀬さんの姿を見かけることはあったけど、話なんてすることもなく今に至っていたのだ。

そんな吉瀬さんは、室長と向き合って応接セットのソファに腰を下ろしていた。前の印象と変わらず、クールの見本のような顔で。

わたしは二人の様子を気にしつつ、自分の席で日報を作成していた。

「お前もこっちに来い。一緒に吉瀬の話を聞くぞ」

自分のタブレットをテーブルに置いた室長が、顔を上げてわたしを呼ぶ。

「――っ！」

わたしは息を呑んだ。まさか呼ばれるとは思わなかった。

しかし、上司に「来い」と言われてしまったのだから、従わないわけにはいかない。

吉瀬さんには、次のお見合い相手の調査を頼んでいた。

事《こと》の経緯は、こうだ。

三回目の一の王子のデートプランを考えるにあたって、わたしたちはもしまた上手くいかなかったらと一抹《いちまつ》の不安を感じた。二度あることは三度あるというし。

だったら、ちょっとその前にお相手のことを調べてみましょうか、となったのだ。

そこで、室長が挙げたのが吉瀬さんの名だった。安全安心確実、仕事も速く、諸事情も知っているし、と。

わたしは手を止め立ち上がると、室長の隣におずおずと腰を下ろした。

「もっと近くに座れよ。そこからじゃ画面が見えないだろ」

言いながら室長は画面の上で指を滑《すべ》らせ、何かのデータを表示させた。

「……はい」

首を伸ばしてタブレットに目をやるが、確かに見えない。

話をする二人の邪魔にならないようにと思い、離れて座ったのに。

仕方なく遠すぎず近すぎず、自然な距離を意識して室長の隣に座り直した。

吉瀬さんの様子が気になりちらりと窺《うかが》えば、僅《わず》かに口もとを上げている。

これってもしかして微笑んでいる？

しかしそれ以上の変化はなく、すぐにクールな顔に戻った。

「じゃ吉瀬、頼んでいた話な」

室長が用件を切り出した。

「再三言っていますが、私は社長の秘書なんです。裕典さんの頼まれごとをするためにいるのではありませんよ」

吉瀬さんは皮肉めいた口調で言うと、かけている眼鏡のブリッジを指で押し上げる。

その仕草が似合う人は結構いると思うが、わたしの中では冷ややかな眼差《まなざ》しのこの人が断トツだ。

対して室長はニヤリと人の悪そうな笑みを浮かべている。

「わかってるって。でもこういうこと、得意だろ？」

「調べるのは嫌いじゃないですがね」

なんなのこの人たち。すごく含みのある言い方をして。なんだか、腹に一物持っていそうな雰囲気だ。

「では、あまり時間がありませんので、早速本題に入らせてもらいます」

そうして吉瀬さんが話を始めた。

「頼まれた令嬢についてですが。彼女は先々月から、ある結婚相談所主催のお見合いパーティに何度か参加されているようです」

「……へえ、結婚相談所」

室長が怪訝《けげん》そうに聞き返す。わたしも「どこの会社だろう」と思った。

「そちらのご実家、〈プリマヴェーラ・リアン〉です」

「えっ、うち!?」

吉瀬さんの一言に思わず大きな声が出た。慌《あわ》てて口を押さえたけど遅い。

「へえ、プリマね」

「ええ。裕典さんが以前、私の名前を使って申しこまれた会社ですね」

吉瀬さんはさらりと言ってのける。

やっぱりこの人ちょっと苦手かもと思ったけれど、ひとまずそれは置いておく。

調べてもらったのは、〈菱澤《ひしさわ》工務店〉の常務の令嬢、濱村《はまむら》マユリ。二十九歳。

小学校からエスカレーター式のお嬢様学校に通い、大学卒業後は父親が役員を務める会社に入社、と釣書《つりがき》にはあった。

その釣書《つりがき》に添えられた写真を見たとき、わたしたちは、彼女に以前会ったことがあるような気がしたのだ。

そう、わたしたち――わたしと室長だ。それも最近。しかし、どこでかが思い出せない。

別々に会ったのか一緒のときに見たのか、室長とはいろいろお店を回っているからそのとき見かけたのかなど、と懸命に記憶をたどった。でもはっきりしなくて……

だけど今の吉瀬さんの話を聞いて、思い当たった。

「最近の彼女の写真ってありますか？」

確証を得るために、わたしは吉瀬さんに訊《たず》ねた。

「少し遠目ですが、これで良ければ」

上着の内ポケットからスマートフォンを取り出して吉瀬さんが見せてくれたのは、明らかに隠し撮りした、どこかの会社の受付嬢だった。マユリ嬢だ。

「わざわざ行ったのか、菱澤まで」

「社長宅のリフォームのことで話があったついでです」

吉瀬さんは事《こと》もなげに言った。

少しピントの甘いその写真を見たわたしは間違いないと頷《うなず》く。

わたしが室長と出会ったあのお見合いパーティに参加していた女性の一人だ。

「確かあのパーティでは、島田《しまだ》と名乗っていたんじゃなかったでしょうか」

わたしは記憶をたどる。

ここにも名前を偽《いつわ》って参加していた人がいたなんて。もう、みんな、うちのパーティをなんだと思っているんだろう。

「島田……、母親の旧姓ですね。そのお見合いパーティですが、毎回目ぼしい男がいないのか、参加している割には相手を見つけられないみたいです。――で、どうしますか？　今夜もパーティがあるようですが」

目ぼしい男がいないって、そんなミもフタもない言い方……。マユリ嬢の理想が高いのか、〈プリマヴェーラ・リアン〉のパーティに集まる男のレベルが低いと言いたいのか。後者だとしたら、吉瀬さんはやはりかなりの毒舌家だ。

それにしても、ちょっと待って。

「え？　今夜？」

「パーティ、あるのか？」

室長とわたしが口を開いたのは、ほぼ同時。

「おや、時間だ。私はこれから社長の供で出かけますので、あとはお二人でどうぞ」

「おい、吉瀬！『あとは二人で』って、見合いか俺らは」

立ち上がって出ていく吉瀬さんを室長が追いかけていく。

「今夜のパーティ、申しこんでないのか？」

「どうしてそこまで私が面倒見なければならないんですか。今度はご自分で手配してください」

吉瀬さんは淡々と答える。

軽く溜《た》め息混じりで座り直したわたしは、ポケットからスマートフォンを取り出した。これだけ情報を提示されたのだ。やることは一つしかない。

わたしは自分の役目を果たすべく、まずは両親が経営する会社に電話をするのだった。

明島室長とわたしは、この地方最大のターミナル駅を臨《のぞ》むタワーホテルの五十一階に来ていた。今からここで、〈プリマヴェーラ・リアン〉主催のお見合いパーティがあるのだ。

そのスタッフ控室で、わたしはパーティを仕切る東馬さんに、ここに来た目的を説明した。

両親には許可をとったものの、実際に迷惑がかかるのは東馬さんだ。

わたしは彼に頭を下げる。

「いきなり来て、こんな話されたら困るのはわかってるんだけど……っ」

「梓沙さん」

困惑した東馬さんの声。いくら昔からわたしに甘い東馬さんでも、すぐには引き受けられなくて当然だ。

ただでさえ胡散臭《うさんくさ》さ満点。

開催時刻が迫《せま》る忙しいときに、いきなり会社の同僚だという男と一緒に来て、今日のパーティに入れてくれって言ってるのだから。しかも東馬さんのことだからきっと、室長が以前吉瀬と名乗ってパーティに参加した男だと記憶にあるはずで。

「あのときは知らなかったけど、実は偶然同じ会社だったの。再会してびっくりしちゃった」と言って信じてくれるかどうか。東馬さんにはわたしがサクラをやっていたことが室長にバレていることも知られてしまった。

それに室長が名乗った「吉瀬」が偽名だったと言えない。どうしてそんなことをしたのかと訊《き》かれたら、面倒な話になってくるし、誤解なく上手に説明できる自信がないのだ。

その明島室長は、偉そうなところもチャラッとしたところもすべて隠し、わたしの後ろに立っている。

パーティにはわたし一人でもいいと言ったのだけど、彼はどうしてもとついてきてくれたのだ。

「――梓沙さん、顔を上げてください」

「東馬さん」

再び名を呼ばれたわたしは、そろりと顔を上げる。東馬さんが困りながらも、温かな目でわたしを見ていた。

「パーティ会場の中に入りたい、ですか。『もうかかわらないっ』ってあれほど言っておいででしたのに」

「……はい」

そうだった。「もうサクラはしない」「パーティに出ない」と、わたしは周囲に宣言している。

それなのに、これだ。

「勝手なこと言ってるのはわかってる。今日のゲストには絶対迷惑かけないから、中に入らせてください」

わたしは再び頭を下げる。

本当に勝手だ。立場を利用して押しかけ、強引に参加しようとしている。〈プリマヴェーラ・リアン〉とは関係のないことなのに。わたしが東馬さんの立場なら、間違いなく断る。

でも今は、会場に入れてもらえるよう、彼に頼むしかなかった。明島室長——裕典さんの役に立ちたい。

このまま森里課長のお見合いをセッティングし、また上手くいかなかったらと思うとやるせない。室長はまたがっくりとへこむに違いないのだ。

だから相手の情報は、些細《ささい》なことでも集めておくに越したことはない。

「仕方がありませんね。春様にそっくりな梓沙さんに頼まれては、嫌とは言えません」

春というのは祖母のことだ。東馬さんがどこか懐かしそうな色を目に浮かべる。きっと祖母のことをあれこれと思い出しているのだろう。

「東馬さん……っ」

「では、くれぐれも参加される皆様に楽しんでいただけるよう、お願いします。——よろしいですか、吉瀬様も。受付で、参加費用をお支払いください」

「……わかりました」

偽名ながら名指しされた室長は、一瞬戸惑《とまど》った表情を浮かべたが、すぐに神妙な顔で頭を下げた。

それからは、時間も迫《せま》っていたので急いで準備をする。

さすがに今日はドレスの用意がなく、わたしはスタッフ用のスーツの予備を借り、〈プリマヴェーラ・リアン〉の社員に徹することにした。マユリ嬢の様子を探《さぐ》るという目的を考えればそのほうが動きやすい。

室長は、黙って立っているだけで目を惹《ひ》いてしまうので、ゲストとして会場に入ることになった。支払い云々と言った時点で東馬さんはそのつもりだったらしい。

東馬さんに事前に教えてもらった情報によると、今夜のパーティには、濱村——島田マユリさん以外にも数人、あの日のパーティに参加した女性が来ているらしい。ということは、あの日注目を集めていた「吉瀬さん」を憶えている人がいる可能性がある。

同じことがわたしにも言えるけど、地味なスタッフに注目する人などいないだろう。ただし、声を聞かれたらバレてしまう可能性があるので、彼女たちとはかかわらないように気をつける。だから、マユリ嬢とも接触はなしだ。どういう人か様子を見るだけ。

「室長、いえ吉瀬さん、行きましょうか」

「……ああ」

何か言いたげな目をわたしに向けつつも、室長は受付へと歩きだす。わたしは、裏から回って会場に足を踏み入れた。

今夜の参加予定者数は男女三十人ほどで、料理はビュッフェスタイル。中央に活《い》けられた生花を囲むように配されたテーブルに、料理を盛りつけた大皿が並ぶ。そこから少し離れたテーブルには飲み物が用意され、さらに座って休めるよう壁にそって椅子が並べられていた。

会場内を見回し配置を頭に入れたあと、外の様子も確認しておこうと足を向けたときだった。

「梓沙さん」

同じ黒のスーツを着た女性に声をかけられ、わたしは、彼女を見てニコリと笑む。

東馬さん直属の部下だった。わたしとは年も近いこともあって、サクラをしていたとき何かとフォローをしてくれたスタッフの一人だ。

「先ほど東馬部長からうかがいました」

「東馬さんの機嫌、悪そうだった？　忙しいのに、ごめんね。うちには関係ないことで」

まずは詫《わ》びなければ。わたしは、面倒ごとを持ちこんで申し訳なく思っていることを伝える。

「部長が梓沙さんのことで機嫌を悪くするところなんて見たことないですよ。それに身上調査の話はよくありますから、私達も心得ています」

そう言って控えめに頭を下げてくれる。彼女の人柄と現場を仕切る東馬さんの教育のたまものだろう。

「身上調査か。そうよね」

正規会員同士の成婚ではなく、お見合いパーティでもこういう話はある。

「それでお訊《たず》ねの女性の件ですが」

「うん、ちょっと場所を移そうか」

わたしは彼女に目配せをして移動する。開宴前とはいえ、会場でできる話ではない。

わたしと彼女はスタッフ控室に戻った。

「じゃ、お願いします」

「はい。該当の女性はここのところ毎回参加なさっています。私どもも、どうお声をかけたらいいものかと迷っておりました」

彼女は、マユリ嬢のことをよく憶えていたらしい。何度か続けてパーティに参加しているゲストの顔をスタッフが憶えるのはごく自然なことだ。

「パーティの間はどんな様子でした？」

「それなんですが、お一人でいらっしゃる時間が多いんです。男性に声をかけられても、少し話をされるだけで、それ以上楽しむ様子はないんですよ」

『毎回目ぼしい男がいないのか、参加している割には相手が見つからないみたいです』

脳裏《のうり》に本物の吉瀬さんが放った言葉がよみがえる。

「島田さん、パーティの間、つまらなそうな感じだった？」

「いえ、そんな雰囲気は感じませんでした。どなたか人を探しておられるようなときもあるんですが、大抵は壁際《かべぎわ》で会場内を眺《なが》めていらっしゃるというか。……お目当ての方がおられるんじゃないでしょうか。その方を見られるだけで嬉しいという感じの」

「……実はわたしもそう思う」

なんとなくそうじゃないかと思っていたのだが、彼女から話を聞いて確信に変わる。マユリ嬢の相手についてはまだ確信がないけど。

「私、今夜機会がありましたら、島田様に正規ご入会のお話をしようかと思っているんですけど、どうでしょうか」

「悪いんだけど、勧めないで」

とても〈プリマヴェーラ・リアン〉の身内とは思えない言葉に、彼女が戸惑《とまど》いの表情を浮かべた。

「梓沙さん？」

「お仕事の邪魔をする気はないんだけど、島田さんの場合、少しこみ入っていると思うんだ。入会は本人が納得してもらってからにしてほしいし」

「わかりました。ではそのように」

「ありがとう」

わたしはスタッフの彼女と別れ、会場に戻ると参加者を迎える位置につく。場内は受付を済ませた今夜の参加者が姿を見せ始めていた。

その中の一人、品良くスーツを着こなした長身のイケメン――明島室長に目が引きつけられる。なんてオーラ出してるのよ、とドキリとしたが、今は心にシャッターだ。ここに来たのは、ときめくためではない。わたしはマユリ嬢の姿を探す。

時間が来て東馬さんの仕切りで宴が始まった。まずは順に自己紹介から。終わったところで銘々《めいめい》好きな相手と好きなところでお喋《しゃべ》りに花を咲かせる。

一つ二つと人の輪ができていく中、わたしは胃がキリキリするのを感じていた。

その要因が室長だ。

こうなることくらい予想の範疇《はんちゅう》とはいえ、頭で考えるのといざ目《ま》の当《あ》たりにしたときの感情は別物。

情けないことにわたしは今、嫉妬《しっと》に苛《さいな》まれていた。

「今日は参加して良かったですう」

女性参加者の甲高《かんだか》い声が響く。確か前のパーティで、室長に秋波《しゅうは》を送っていた人だ。

「まさかまたお会いできるなんて、嬉しいですわ」

「来て良かったわあ。最初どうしようか迷ってたんですけどお」

あとに続いた女性も同様に、きゃっきゃうふふと高い声で話を始める。

「僕もまた皆さんにお会いすることになるとは思ってませんでした」

答えるのは、落ち着いたバリトンの甘く響く声だ。

吉瀬さんと彼を取り巻く女性たち――まるであの夜の再来だった。違うのは女性の数が増えているくらいで、他の男性からは妬《ねた》ましさ全開、羨望《せんぼう》の眼差《まなざ》しが送られている。

このままでは話し相手のない人が出るではないか。そこで固まるんじゃない、一人で多数の相手をするんじゃない――と思っても今夜のわたしはスタッフだ。参加者同士の歓談に割って入って人員整理をするわけにはいかない。

それに肝心のマユリ嬢の姿をまだ確認できていないのだ。どうやら遅刻らしい。

「吉瀬さん。なんだか運命みたいですね、私たち。きゃ」

きゃ？　きゃってなんだ、おい。

ああ、もう!!　何が吉瀬さんよっ!!　何が運命よっ!!　その人はね、吉瀬さんて言うんじゃないのっ。本当はね、わたしの――っ!!

と勢いで並べたものの、はたと我に返る。自分だってあそこで群がっている人たちと似たようなものだ。

たとえ体の関係があっても、想いは一方通行の片恋。

そう自分で考えておいて、ずうんと気落ちする。自分はもっとさばさばしていると思っていたのに、二十五年間つき合ってきたこの性格は、案外面倒くさかった。

「どうされたんですか？」

「な、なんでもないの。なんでもない……」

スタッフの彼女に声をかけられたわたしは、引《ひ》き攣《つ》ってしまいそうな目もとを懸命に伸ばし、誤魔化すように顔に笑みを乗せた。

落ち着けわたし。今日はスタッフ。スタッフだ。

「……いらっしゃいました」

一瞬目を瞬《また》かせわたしに合図した彼女が、するりと何ごともなかったように離れていった。

マユリ嬢が来たのだ。

入り口に目をやったわたしは、確認する。

何げなさを装《よそお》って、声をかけてみようか。

駄目だ。声を聞かれたらバレてしまうかもしれない。でもわたしのことを憶えているとは限らないし……

わたしは、どうしようかとマユリ嬢を目で追う。

そのときだ。

「おねえさん」

誰よ、この忙しいときに。

後ろから声をかけられたわたしは、ムッとしかける感情を胸に沈め、接客モード満点の笑みで「なんでしょう?」と振り返る。

そこには初めて見る男がいた。どれくらい飲んだのか知らないが、アルコールのにおいが鼻を衝《つ》く。

わたしは素早く胸につけているプレートを確かめた。どうやら、今夜の参加者の一人だ。

「今ここにいる人なら、声かけて良いんですよね?」

「はい。お声をかけていただいて、会話を楽しんでください」

わたしは、初めて参加した人かなと思いながら、目の前の若い男に答える。個人的には遠慮したいタイプだが、パーティの趣旨はカップル成立を目指してもらうことだ。

「だったら、良いよね?」

「……お声がかけづらいのでしたら、わたしどもから相手の方にお伝えいたしますが」

良いよね、という意味がよくわからなかったが、男性の中には、女性に話しかけるのが恥ずかしくてできないという人がいる。こういうとき、お手伝いするのがスタッフの役目だ。

「だからさ、おねえさんだよ。さっきからきょろきょろしてるし一。案外、ココの人も相手探してるんじゃないかなってさ」

えっと、ちょっと待って?

この男は、参加している女性ではなくわたしが目的?

「どのみち、女は全部あいつ狙いっぽいしな。なんだよ、アレ。あいつなら街で声かけりゃ、すぐに女釣れるだろうに」

忌々《いまいま》しげに言った男の目が向けられた先には、吉瀬さん――明島室長がいた。さっきよりも女性の輪が大きくなっている。

おかげでまたわたしは感情をざらっと逆撫《さかな》でされた。

「そういうことで、ね？」

「わ、わたしですか？　わたしはここのスタッフですので、そういうお話は……」

片目を瞑《つぶ》って見せる男に、それは困ると言ったのだけど、こういうタイプは話を聞かない。

「いいじゃん？　よく見れば可愛い顔してるし。それに言ったよね？　ここにいる人なら声かけて良いって」

「それは……」

誰がスタッフも入るって言った？　違うだろ、それはっ!!

「それともここは、客に不愉快な思いをさせるのかな？　良いのかな、こういうのって口コミが大事だよね？」

ちらりと取り出したスマートフォンを見せ、暗に悪評を流すぞとにおわせる男に、わたしは膨《ふく》れ上がる苛立《いらだ》ちを抑える。

わたしは今スタッフだ。穏便に、角が立たないように切り抜けなければならない。

この場を離れる理由は何かないものかと周囲を見回すと、マユリ嬢が中央に向かって歩いていくのが目に入った。

少しはにかんだような表情の彼女の前方では、吉瀬さんと東馬さんが話をしている。それを見て、「ああ、やっぱりな」と思う。

男も彼女に気づく。

「ちっ、またかよ。あんの野郎。どれだけ女持ってけば気が済むんだってーの。おい、お前。酌《しゃく》しろよ。俺は客だぞ。お前らはもてなすのが仕事なんだろっ」

こいつっ！　呼び方が「おねえさん」から「お前」に変わった。

業種を間違えてもらっては困る。酌《しゃく》って、ここをなんだと思ってるのよ、このカン違い男!!　あ、腹立つ!!

「……申し訳ありませんが、当方は参加いただいた皆様に楽しい出会いの場を供《きょう》するために控えていますので、そういったおもてなしはいたしかねます」

わたしは静かに頭を下げた。内心はムカつきまくりでも、それを面《おもて》に出さないのが接客だ。

「だったら女連れてこいよ。出会いの場っつったって、これじゃ不公平だろ。こっちだって金払ってんだからな」

さらに鼻息荒く言う男の言葉をわたしは黙って聞いていた。よっぽど、「アンタに魅力がないから誰も来ないんじゃ」と言ってやりたかったが、まずは我慢だ。ただし男の名前は憶える。ブラックリストに入れて、今後うちには出禁にしてやる。

「なあ、聞いてんの？」

男に近づかれて、わたしは体を強張《こわば》らせた。

どうしよう。「ではこちらへ」と、男を女性がいるテーブルへ連れて行くことはできる。

ただ、酔っ払いと引き合わされても、女性参加者たちが困るだけだろう。

それに、そこは「吉瀬さん」を囲む女性たちがいるテーブルで、いくら黒スーツで地味メイクだと言っても、できれば近づきたくない。だってもし、前に参加していた「春野」と名乗った女だと気づかれたら、その時点でアウトだ。

なんとか男を上手くあしらわないと、いろいろまずい。まずいんだけど、どうしたら――

「おい、おま――っ」

「っ⁉」

焦《じ》れた男がわたしに向かって手を伸ばしてきたときだった。

「トイレはどこかな」

「え？　トイレ、ですか？」

わたしは思いもしなかった声にきょとんとした。

目の前に見憶えのあるスーツがある。誰ってもちろん明島室長――いや、ここでは吉瀬さんだ。

「おい、てめえっ‼　俺がその子と話してんのに割りこんで来るんじゃねえよっ」

男は、話は自分が先だとばかりに語気を荒立たせた。

「いや、こっちも緊急事態でね。ずっと飲み物ばかり勧められてしまって、さすがにやばいんだが」

対して吉瀬さんは、落ち着いたものだった。のんびりした口調ではあるけれど、その眼差《まなざ》しは冷ややかだ。

わたしは今がチャンスと行動する。

「は、はい。こちらです……トイレ」

助かったんだけど、本当にすごく、助かったんだけど——!!

わたしの胸の鼓動《こどう》は一気に高鳴った。

まさか、トイレに行きたいってセリフが格好良いって思う日が来るとは。

「お前、何やってたんだよ」

入り口を出たところで、言われる。

苛立《いらだ》ちを隠さない吉瀬さん……ああもう面倒くさい、裕典さんだ。名前で呼ぶのは封印したけど、今だけ解除する。

わたしは男に絡《から》まれて、思っている以上に自分が動揺していたことに気づく。あることないことSNSに投稿されたらとか、ただでさえ経営状態崖っぷちなのにとか。会社のことをあれこれ考えて、うまく判断できなかった。

そこに裕典さんが来て、助けてくれた。初めて出会ったあの日のように——

「な、何って……」

そしてまた気づく。裕典さんに「お前」と呼ばれても、ちっとも腹が立たない。むしろほっとしている。

なんなのよ、さっきの男と同じ呼び方なのに、わたしって――

「トイレは、右に……」

「そんなのわかってる。バカか、お前っ」

「バ、バカって……」

あ、駄目だ。バカって言われたのに、何か泣けてしまいそう。

もう感情が、コントロールできなくなりそうだ。

「こっち来い」

「あ……っ」

裕典さんに腕をつかまれ引っ張って行かれたのは、トイレとは逆方向にあるスタッフ控室だった。

今は他にスタッフの姿はない。

「な、なんですか、いきなり……」

中に入るなりすぐ横の壁に追いつめられた。ドン、と体の左右に腕をつかれて、わたしは動きを制される。

「お前、危なっかしいんだよっ」

「あ、危なっかしいって……」

「前のストーカー野郎もそうだが、お前隙《すき》だらけなんだよ。自分では上手くやっているつもりでもな。よく今までサクラやってこれたもんだ」

頭の上から誹《そし》るように言われ、わたしは俯《うつむ》く。

言われなくても自分が不甲斐《ふがい》ないのは身に沁みていた。酔った男に絡《から》まれて、対処できなかったのだから。

でもここで気弱になるわけにはいかない。

わたしは震える膝《ひざ》に力を入れて虚勢を張る。

「そんなの前話したとおり、うちの事情です。放っておいてください」

「お前なっ」

「あっ」

目の前が暗くなった、と思ったときには屈《かが》みこんだ裕典さんに唇が塞《ふさ》がれていた。

裕典さんの唇。少し冷たい……？

でもそう感じたのは一瞬。押しつけられた唇に、痛いほどきつく吸い上げられて熱くなる。

「あ、は、はな……んんっ」

息ができない苦しさから僅《わず》かに口を開けると、すかさず舌が潜《もぐ》りこんでくる。そのまま強引に歯列をこじ開けられる。裕典さんの舌は自分勝手に動きまわり、容赦《ようしゃ》なく口内を撫《な》で始めた。そして湧いてくる唾液《だえき》をちゅくちゅくと攪拌《かくはん》する。

「や……、んっ」

やめて。離して。

嚥下《えんげ》できずに溢《あふ》れた唾液《だえき》を顎《あご》に伝い流したまま、懇願する。

けれど聞いてくれるはずはなく、縮こまっていた舌を探《さぐ》り出されて搦《から》めとられた。唇以上に強く吸われ歯が当たる。

キスは初めてじゃない。でもこんなに激しいものはしたことがなくて、わたしは食い千切られてしまいそうで怖くなった。

これは罰なの？　わたしが絡《から》まれてしまったのがいけなかったって？

裕典さんだって、女性に囲まれて楽しそうに話をしていたじゃないの、と忘れていた光景が脳裏《のうり》に浮かぶ。けれど荒々しく奪われる中、それが些末《さまつ》なものに思えてくる。

甘噛《あまが》みされて歯が当たった箇所から広がる疼痛《とうつう》が、甘美《かんび》を呼んでわたしを痺《しび》れさせていく。頭の芯《しん》がぼうっとしてきて、もう立っていられない。

「あっ」

「おっと」

膝《ひざ》が折れ、ずるっと壁伝いにへたりこんでしまうところを、抱きしめられた。裕典さんの腕を背中に感じる。広い胸に顔を埋《うず》めると、よく知ったにおいがした。

「あまり心配かけないでくれ」

「……ごめんなさい」

耳もとに落とされた声がどこかつらそうで、わたしは思わず素直になる。

助けてもらったのに、礼も言っていないなんて。

「ありがとうございました。助けてくれて。裕典さんが……あ、いえ、室長が来てくれて……っ」

しまった。つい胸の内で呼んでいたからそのまま言ってしまった。

わたしは慌《あわ》てて言い直す。こういうことがあるから、封印していたのに。

「……とっくに就業時間外だ。名前で呼べ」

「でも」

「名前だ」

「明島……」

「誰が名字だと言った？」

言いかけたわたしにすかさず突っこみが入るけど、届く声はやさしい。

だから観念して、再度名前を口にする。

「ゆ……、裕典……さん」

わたしは抱きしめられていて良かったと思った。今顔を見られたら、恥ずかしくて死にそうだ。

「よし――。それと悪かったな、あまりに危機意識のないお前見てたら、俺もついイラッとして抑えられなかった」

「……じ、時間外のことですから」

さっきされたキスのことだ。どう返事をしたものか迷ったわたしは、火照《ほて》ってくる顔のまま答える。イラッとしたらキスするのかとか、危機意識がないってどういう意味よとか、いつもなら返しそうなことが言えない。

「そうか。じゃあ、もう一度するかな」

「え、あ……」

顎《あご》を取られて上を向かされると、裕典さんの顔が近づいてきた。そのまま再び重なる。今度は、貪《むさぼ》るような激しさはなく、甘く唇を食《は》まれる。最後は執拗《しつよう》にねぶり上げ、唇はちゅうっと音を立てて離れていった。

「パーティではあの人がずっと目を光らせてたから、これまで大きな問題が起こらなかったんだろうな」

腕を解いた裕典さんに、わたしは長テーブルに向かって椅子に座らされた。

目の前には湯のみ。中のお茶は備えつけのポットで裕典さんが入れてくれたものだ。

「あの人？」

目を光らせていたって言われて、思い当たる人はいた。

「執事……、東馬さん」

やっぱりそうか。

「……いつもわたしが困っていると助けてくれるんです。さっきは気づかれなかったみたいだけど」

わたしは心のどこかで、何かあったら東馬さんが来てくれると思っていたのだろう。だから少々のことは大丈夫って、甘えていた。

ああいうケースなら、すぐに責任者である東馬さんを呼ぶべきだったのに。

「いや、気づいてたよ。お前本当に〈プリマ〉の大事なお嬢様なんだな。他のスタッフもちょっと慌《あわ》て気味だったし」

「……そう、なんですか？」

気づいていたのか。東馬さん。それに他の人も……

見ているほうは気が気ではなかったらしい。裕典さんによると、男は開宴直後から既《すで》にやらかしていて、他の参加者も鼻白《はなじろ》んでいたと言う。――もう間違いなくブラックリスト確定だ。

「……執事さんは助けに行こうとしてたが俺が止めた。下手に主催者側が出ていくと、ああいう輩《やから》は大袈裟《おおげさ》に騒ぎたてるからな」

臨時のシークレットスタッフとしてはなかなかだったろ、と言って裕典さんがニヤリとする。

「すみません。うちのことで」

とは言え、わたしが対処できなかったことに変わりはない。結局裕典さんにも迷惑をかけた。……こんな自分がつらい。

「俺もあの場を離れるきっかけがほしかったから、ちょうど良かった」

裕典さんは「気にするな」と、小さい子にやるようにぽんぽんとわたしの頭を撫《な》でた。

それがさらにいたたまれない気持ちにさせる。嫌というわけではないけど恥ずかしくて、誤魔化すように前髪を弄《いじ》った。

「きっかけですか。ですが、トイレに行きたいはないと思います」

そう言うと、裕典さんは少し笑ってわざとらしく溜《た》め息をついた。

人間、緊急事態を訴えるなら、生理現象を持ちだすのが一番なのだと主張する。

どこまで本当かわからないが、確かに毒気《どくけ》を抜かれるというか、戦意喪失に近い破壊力はあった。

真面目な顔してイケメンがトイレ行きたいなんて言うか、普通？

そんな他愛もない会話のおかげか、気がつけばわたしは口もとを緩《ゆる》め、笑みを浮かべていた。

「……もう大丈夫なようだな。なら帰るぞ」

「帰るって、まだ……」

わたしは、ここに来た目的を思い出した。肝心のマユリ嬢の情報が得られていないではないか。実際に会ってみての印象、わかる限りの人柄、性格。まだ何も。

「そういうの、いいから」

「良くないです。なんのためにここに来たんですか」

「だから、それはもういいんだ」

裕典さんが強い口調で言ってまた溜《た》め息をついた。先ほどとは違って、そんなこともわからないのかと呆《あき》れているように見える。

ぐっとわたしは息を詰《つ》め、胸に広がる苦いものをこらえる。

使えないと思われたのかもしれない。結婚相談所の娘であるわたしが裕典さんの部下となったのは、こういうときに役に立つと期待されてのはずなのだ。偶然にも、彼女がうちの利用者だったというのに。

それがこの様《ざま》では、呆《あき》れられて当然か。でも——

「このままでは帰れません」

わたしは結果を出したいのだ。

「お前、さっきので嫌な思いしただろうが。今日は帰って休め。――もう時間外だしな」

「裕典さん……」

帰ると言ったのは、わたしのため？

ずるい。こんなこと言われたら、気負っていたものがさらさらと崩れて、泣きたくなってしまう。甘えたくなってしまう。

わたしは、裕典さんの言葉一つで揺らいでしまう自分が情けなくて、顔を伏せた。

不意に、裕典さんはわたしの頬《ほお》を撫《な》でると、静かに立ち上がった。

一瞬、言っても聞かないから実力行使で帰るのかと思ったが、そうではなかった。

目で追えば、ドアの前まで行った裕典さんがわたしに向かって掌《てのひら》を見せる。まるで「待て」と制するみたいに。

そして、ドアを開けた。

「あっ」

声が聞こえた。裕典さんの背中で見えないが、人がいたらしい。

誰だろうと、立ち上がって横から覗《のぞ》いたわたしは、息を呑む。そこに立っていたのは、マユリ嬢だった。

「立ち聞きか？」

「……そんなつもりはありません。ただ、その人が気になったから」

マユリ嬢の目が、わたしに向けられる。

「あなた、春野さんですよね。その格好ではすぐにわからなかったけど」

ギクリとわたしは身を硬《かた》くした。

バレた？　メイクは完璧だと思っていたのに!?　いや違う。声だ。声を聞かれたらバレてしまうって、わかってたじゃないの。

でも、わたしは彼女と直接話をしていない。さっきのトラブルだって、彼女がいたテーブルまでは距離があったし、わたしは静かに話していた。声は届いていないはず。

このまま他人の空似で押し切れないだろうか。

どうしよう、とわたしは裕典さんを見る。

「ま、気づくものは気づくわな」

あうう、万事休す。

裕典さんにそう言われ、わたしは決まり悪く肩を落とす。

会場に戻る気はないらしい裕典さんは、「外にいるから」と言って彼女を招き入れ、部屋を出て行く。おそらく彼女の様子から、自分がいると話がし難《にく》いと思ったのだろう。

わたしは、マユリ嬢と狭いスタッフ控室で、対峙《たいじ》することになった。

「あの、わたしに何かご用があるのでしょうか？」

わたしは、おずおずと彼女に訊《たず》ねる。

「それは……。私も訊《き》きたいです。あなたはなんなんですか？」

質問に質問で返されてしまった。

それも仕方がないか。訊《き》かれて当然、わたしが先に彼女の問いに答えるべきだ。でもどこまで話せるだろう。

とはいえ、変に誤魔化すのも余計話がこじれてしまうだけだと思い至り、正直に告げることにした。

「わたしは……、この〈プリマヴェーラ・リアン〉の創業者の孫なんです」

ここまできて嘘をつくのは誠意にかける。もちろん、騙《だま》していたのなんなのと詰《なじ》られるのは覚悟の上だ。

「孫？　こちらの結婚相談所の？」

意外だったらしく、驚いた表情で訊《き》き返される。

「ええ、〈プリマヴェーラ〉は祖母が作った会社です。今は父が社長で、母が副社長。わたしは古池梓沙と言います。それと前にパーティに出ていたのは、参加人数に不都合が出て、数合わせでかり出されたためです」

自己紹介して例のパーティに出ていた理由もざっくり話す。

「古池さん？　春野さんじゃ……、あの乱入してきた人も言ってましたよね。ハルノさんって」

やっぱり乱入してきたストーカー男は記憶に残るものなのね、とわたしは自嘲気味《じちょうぎみ》に笑みを浮かべる。

「名前は、さすがに古池姓だと関係者とバレてしまうので。ゲストの方はみんな、名前の書いたプレートをつけていただきますから」

「ああ、これですね」

彼女は自分の胸のプレートに目を落とした。

会社のホームページにも参加するゲストに送る案内状にも、父の名前が書いてある。珍しくはない姓だが、そこはささやかなリスク回避だった。

「……そういうことだったんですね。そっか、会社の令嬢なら当然なのかな……」

彼女の張り詰《つ》めていた雰囲気が緩《ゆる》むのを感じた。でも表情はまだ硬《かた》い。

「ああ、違うっ」

彼女が本当に知りたかったのは、わたしの正体なんかじゃない。

わたしは彼女の言葉を、取り違えそうになっていたことに気づく。

「違うって。今の話、違うんですか……？」

「あ、ごめんなさい。わたしが〈プリマヴェーラ〉の関係者なのは本当です。ここまでわたしを追いかけてきたのは、もっと別のことを確かめたかったんですよね」

立ち聞きしていたくらいだし、とそんな意地の悪いことは言わない。

わたしの正体を知りたかったのも嘘ではないが、おそらく本命は――

「もういいんです。あなたはこちらのお嬢様なんでしょう。だから彼はあんなに心配そうな目で見てたんだわ」

「だから違うんです。ちょっと心配がすぎるっていうか。わたしがそうさせちゃってるんですけど。――東馬さん、ですよね。あなたが気にしている相手は」

「えっ？」

一瞬言葉を詰《つ》まらせた彼女は、ぼっと音が聞こえそうな勢いで赤くなった。はっきり口にしなくても、この顔を見たら肯定以外ない。

「やだ、プロの方にはわかってしまうんですね。これでも、態度には気をつけていたのに」

「……ええ、まあ、そこはモチはモチ屋的な」

相手はともかくとして、お目当ての人がいることは、バレていましたよ。スタッフには。

けれど、彼女の想う相手が東馬さんというのは、親子ほど年が離れていることもあって、それほど確信していたわけではなかった。

「……一目惚《ひとめぼ》れしたんです。初めて出たお見合いパーティで」

ぽつりと彼女が口を開いた。

「わたしがちょっと絡《から》まれてしまったときですか？」

こうして振り返ると、絡《から》まれすぎだわたし。二度あることは三度あるって最近耳にした気がするけど、三度目がないことを祈ろう。

そんなことを考えていると、彼女はそのときを思い出してか、うっとりとした眼差《まなざ》しで宙を見上げる。

「ええ。そのときの東馬さんは凜《りん》とされていて、本当にカッコ良かったんです。お話すると穏やかで温かい人なんだなって……」

恋をすると人は変わるものだ。あの日テーブルの奥の席で、東馬さんを見つめていた彼女は、ふわりとした可愛いドレスだった。けれど今はシックな大人びた装《よそお》い。ずっと年上の東馬さんに合わせて選んだものに違いなかった。

ただ惜しむらくは、そのメイク。大人を意識するあまり、目もとばかり強調した過剰なメイクで、本来の彼女の良さを消してしまっている。

わたしは彼女のために何かしてあげたくなった。

「あの唐突だとは思うんですが、メイクさせてもらえないですか?」

「は、メイクですか?」

案の定、彼女は怪訝《けげん》そうな顔をした。やっぱりいきなりすぎか。

「自己流なのでプロのようにはできないんですが……。今のメイク、ちょっと攻めすぎというか」

メイク一つで印象は変わる。特に女性は。だから魅力を最大限に引き出す手段として、活かしてほしい。

「でもドレスが大人っぽいですし、こういうものだって美容アドバイザーの方が」

「そうですね。でもせっかくやさしい顔立ちをされているのに、活かさないのはもったいないです」

「もったいないなんて、そんなこと考えてメイクしたことなかったわ」

彼女は、〈菱澤工務店〉の常務令嬢。良くも悪くも、基本素直なお嬢様なのだ。

「では、やってみましょう。色が白いから、ピンクが似合うと思います」

わたしは自信を持って答えた。

部屋に置いていた自分のバッグから化粧ポーチを取り出し、テーブルの上にメイク道具を並べる。基本の色味は揃《そろ》えているから、化粧を直すくらいならいつものメイクボックスがなくても十分だ。

「そうそう、東馬さん独身ですから」

わたしは、思い出したように言うと、化粧水の入ったミニボトルを手にした。きっと気になっていたはずだ。

「独身ですか」

彼女がふわりと頬《ほお》を染める。

そんな彼女の様子が、自分よりも年上の人に失礼なんだけど、微笑ましくて可愛いと思う。

わたしに反対する気持ちはなかった。年の差なんて気にならない。何よりもずっと祖母に仕《つか》えてきてくれた東馬さんには、幸せになってもらいたいと思っているのだ。

「ええ、仕事に熱心すぎて婚期を逃《のが》した口です。結婚相談所の社員がおかしな話ですけど——すみません、付け睫《まつ》毛《げ》、外しますね」

わたしは、ぼってりとした陰影を作っている付け睫《まつ》毛《げ》を彼女の目もとから外し、化粧水を含ませた綿棒で目蓋《まぶた》のシャドウを拭《ふ》きとる。それからファンデーションを薄くのばした。パールピンクのアイシャドウをぼかし、目の際《きわ》をグレイで引き締める。

アイラインは黒。目尻にポイントを置いて切れ長に。睫《まつ》毛《げ》はビューラーで上向きにカールさせ、繊維入りマスカラを丁寧に重ねづけする。

フェイスラインを濃淡二色のパウダーですっきり仕上げ、口紅の色は目もとに合わせて甘めのピンク系の赤を選びグロスを重ねた。

これでわたし流、知的で大人可愛いメイクの完成だ。

「どうですか？」

手鏡で仕上がりを確認してもらう。

「すごいわ。違う人みたい。なんだろう、私らしいって感じで、でも大人っぽい」

良かった。気に入ってくれたようだ。

「では会場に戻りますか。……いえ、ここに東馬さん呼んじゃいましょう」

「え、良いんですか？」

彼女は嬉しそうに目を輝かせた。本当に素直な人だ。

わたしは頷《うなず》き、スタッフに連絡して、東馬さんが来るのを待ったのだった。


東馬さんとマユリ嬢を引き合わせたあと、すぐに帰るつもりでパーティ会場を出たはずなのに、どういうわけか向かったのはカクテルバー。ここまで来たついでにリサーチしておくのもいいかと、裕典さんに言われるままついてきたのだ。もう業務終了の時刻から二時間三十五分ほど過ぎた、完全な時間外だけれど。

照明を絞《しぼ》った店内は、バーだということもあって、彼と出会ったホテルの店を思わせた。窓際《まどぎわ》の席へ案内され、眼下を見れば、最上階からの夜景が広がっている。

「ま、ご苦労さん」

「はい……」

裕典さんが、琥珀色《こはくいろ》が揺れるグラスを掲《かか》げた。

わたしもロンググラスを同じように手にして持ち上げる。乾杯だ。

「どうした、浮かない顔だな。良かったじゃないか。彼女と話ができたんだろ？」

「それはそうなんですけど」

「どんな印象だった？」

「……とっても普通の人でした」

彼女の印象は、育ちの良さからくるおっとりした面もあるが、ごく普通のお嬢さんだ。

「それなら、男が乗りこんできたりドタキャンはしないよな。何度もパーティに出てたのは気になるが」

「そうですね。でも――」

恋をしていた。パーティに出ていたのはそのため。好きな人に会いたくて、そこでしか会えないから、何度も参加していた。

わたしは彼女の人柄に触れて、その恋を応援したいと思った。

「でも、なんだ？」

「話を進めたら、彼女困ると思うんです」

だから、森里深紘氏のお相手として見合いを進めるのは無理だ。これが結論。

「困るって、彼女がか？　――なんだ、好きな男でもいたのか」

「はい」

わたしは裕典さんにマユリ嬢の事情を話した。

家同士のつき合いやしがらみで、本人の気持ちとは関係ないところで結婚話が進むことがあるのを、わたしは理解しているつもりだ。

けれど叶《かな》うなら、どんな出会いだったとしても互いに想いを重ねて、結婚に臨《のぞ》んでほしいと願う。

「そうか、この話はまた会社でしよう。——スタッフ控室であんなに帰れと言ったのに、ここに誘ってちゃ説得力ないな。つき合わせて悪いな」

「これもお仕事なんですよね？　裕典さんが前にデートプランで提案したカクテルバーですし」

このあとは、ホテルの部屋で、とか言ってなかったか？

ということは、まさか——と、思いを巡らせたわたしはドキリとする。

「おい、そこで期待する顔になるな。今俺は、理性と本能がせめぎ合っている状態だ」

「期待なんてしてません。理性と本能ってなんですか。やっぱり考えることはそっちってことですか？」

「せめぎ合っている」なんて耐えているように言うが、つまりアレだ。裕典さんの頭の中にはそれしかないのか？

ムッとして言い返したが、ついドライブの夜のことを思い出してしまい、わたしは胸の内で焦《あせ》る。

黙っていたら本当にカッコ良いのに、こんなにスケベな人だなんて。ああ、もうっ!!

「だから、考え中だ。男のサガだな。今夜俺たちが一緒にいることは、東馬さんにしっかり知られているし、このまま帰さなかったら、あとで何を言われるか。だいたい濱村マユリがお前の正体に気づいたのは、東馬さんが原因だろう？」

「ええ、マユリさん。東馬さんのわたしを見る目が、あの日と同じだったって言ってました」

彼女は『絡《から》まれているあなたを見る東馬さんの目が、春野さんを見ていたときと同じに思えて。どういうことだろうと気になって、あなたのあとをつけてきてしまいました』と言っていた。

まさか東馬さんの態度でバレてしまうとは思わなかった。

恋する人に向ける観察力は侮《あなど》れない。

「あのときの東馬さん見て、俺もそんなに心配そうな顔してたら、ただのスタッフじゃないって勘《かん》繰《ぐ》られるなって思ったからな。お前、愛されてるよな、プリマのみんなに」

真面目な顔で裕典さんに言われると、少々面映《おもは》ゆかった。でも確かに、甘やかされすぎじゃないかと思っている面はある。

「でも、裕典さんだってそうじゃないんですか？　吉瀬さん、社長の秘書だって言いながら、裕典さんの頼みを聞いてくれてますし」

「ああ、吉瀬はな。深紘の後輩でうちにもよく顔出してたから、昔から知ってるし。いや俺が言いたいのはそういうことじゃなくて、お前が愛されて育ってきたんだなってこと。……親とか」

「……親ですか」

母親を亡くした裕典さんは、父親が育てられないからと、母の実家に預けられたのではなかったか。だからいろいろ子供心に寂しい思いをしてきたんじゃないだろうか。

裕典さんが、女性にチャラッとしているのは、そんなことが影響しているのかもしれない。

「まあ……、俺の祖父も伯母夫婦も、可愛がってくれたし、深紘は本当の兄のようだし。不満があるわけじゃないんだけどな」

少し遠い目で窓の外を眺《なが》めた裕典さんは、小さく息を吐いたあと水割りを呷《あお》る。

からんとグラスの氷が鳴った。

そんな顔して話をされたら、母性本能が揺さぶられちゃって放っておけなくなる。

「……裕典さん、わたし」

とくとくと胸が忙《せわ》しなく鳴り出す。

どうしよう、今すごく裕典さんを抱きしめたいと思っている。寂しいのは、わたしにだけ見せてくれれば良いのにって——なんてこと考えてしまうのっ⁉

「わたし……」

もう苦しいよ。一人分の想いだけがどんどん積もっていく。

「出ようか。家まで送っていく」

「あの……」

「今夜は、送る。明日も仕事だからな。……そうさせてくれ」

こみ上げてくる感情をやり過ごすみたいな切ない顔で言われる。

「わかりました。お願いします」

わたしは、そう言うしかなかった。

翌日、いつものように出社した。

裕典さんは——おっと、いけない室長だ。明島室長と呼ぶのだと意識を切り替える。

室長はまだ来ていない。部屋の掃除をして、届いたメールやファックスを整理しているうちに、出社してくるだろう。

今日は、部課長会議の予定もないから、すぐにプランの打ち合わせに入るかもしれない。だったら情報を集めておかなくては。

先日、及川さんから新しいお店を教えてもらったのだ。ファミレス系だけど、とっても美味しいスイーツ専門店があるって。それを参考にしよう。

それから、アンケート葉書の集計もしないと——

「お、早いな。いつも」

明島室長が出社してきた。

「おはようございます。——室長」

よし言えた。大丈夫。想いは胸の奥にしまう。

室長が、何か言いたげにわたしを見たけど、気にしてはいけない。

「……室長か。早速だが、うちの商品の、特に新製品の宣伝資料を作ってくれ。できるか？」

「新製品の資料……。いつまでにでしょうか？」

これはまた、いつになく普通の業務だ。どこかに営業……売りこみに行くのだろうか？

「できるだけ早く。っていうか、そうだな、今週中に頼む。基本データは従来あるものを使えばいい。最近の製品については、深紘……森里課長に頼んでおく——昨日知り合ったヤツに面白い男がいたんだ」

「昨日……って、昨日ですか⁉」

お見合いパーティには一時間もいなかったのに、いつの間にそんな話を？　それも相手は、おそらく参加者だ。

女性と知り合うためのパーティなのに、男と仕事の話ですか。うちのパーティで何やってるんだか。室長もだけど、相手の人も。

「わかりました。情報をもう少しいただけますか？　どういった商品を望まれているとかありましたら」

営業アシスタントとして培《つちか》った腕の見せどころだ。と言っても半年しかいなかったんだけど。

「ローカルのフリーペーパーを作ってるヤツで、発行部数調べたら、結構なものだった。誌面にうちの商品を取り上げてもらえれば良い広告になる。若い女性向けのものがいいな」

明島室長は楽しげだ。

「わかりました」

責任重大。ひとまず自分の気持ちは置いておこう。わたしは気を引きしめ、早速取りかかった。

5　混線する恋の行方？

先日、明島室長の提案でフリーペーパーに掲載された広告は上々の評判を得ることができた。ペーパーを持参された方に本社一階の店舗でお茶とお菓子を進呈という企画が功を奏したようだ。そんな一般業務――いわゆる〈広報メディア企画課〉の表の仕事をこなしながら、わたしは落ち着きなく過ごしていた。

別にそっちの仕事が嫌だというわけではないが、このところ裏の仕事は開店休業状態。そろそろ次なるプランをと思うのだけど、室長は何も言わない。いったいどうしたのだろう。

一応わたし一人でもできる範囲で、ネットや雑誌などで情報収集をして、良いなと思う店に足を運んでいるが、そろそろお相手を想定しての立案にかかりたかった。

「あの、プランなんですけど」

「わかってる。だがしばらくこのままだ。深紘からまだ話が来ない」

「……そうなんですか」

それって深紘氏も躊躇《ためら》いが出てきたってこと？

すべて先方の都合とはいえ不首尾がこうも続いては心が折れるというもの。マユリさんには連絡こそしていないが候補に挙げたことには違いなく、三回連続で失敗なのだ。

そういえば、どうやって会う相手を決めているか、わたしは今さらのように気になった。いくつも見合い話が持ちこまれているのは聞いているが、誰でも良いということはないだろう。

「あの、これまでのお相手ってどなたが選んでいるのですか？」

「あ？」

室長が顔を上げた。ちょっと立ち入りすぎの質問だったか。

「……相手は、深紘が決めてる。俺は深紘から渡された見合い写真と釣書《つりがき》を見て、こっちのプランを擦《す》り合わせて返している」

「じゃあ、これまでの方は森里課長が」

ここまでの相手は、容姿年齢性格すべてが三人三様。これといった共通点はない。強《し》いて言うなら深紘氏と結婚する気がなかったことだ。深紘氏がどういった基準で彼女たちを選んだのかわからないけれど、まったく本当に運がないというか――

「……どうした、難しい顔して」

「いいえ、どうして上手くいかないのかなって。森里課長って素敵な方だと思うんですけど」

直接話したことはないが、及川さん情報によると、堅物無骨と言われながらも一部の女子社員の間では、結構人気があるらしい。

及川さん自身もコピーの紙詰《づ》まりを起こしたときに、たまたま通りかかった深紘氏が直してくれたことがあり、好印象を持っているそうだ。トナーで手を真っ黒にしながら、リース会社に電話を入れ、メンテナンスまで頼んでくれたそうで。

特別どうってことのない話かもしれないが、製造企画課長で、言ってみれば営業部のコピー機なんて関係のない立場なのに、そこまでやってくれたのは、深紘氏の誠実さの表れだと思う。

「お前の口から深紘のことを言われると少し微妙な気持ちになるな」

「え？　微妙って……」

意味がつかみきれず、わたしは首を傾《かし》げた。失礼なことを言っただろうか。

「……いや、今のは忘れてくれ。深紘には次をどうするか訊《き》いておくから」

こう言われては頷《うなず》くしかなく、わたしは「はい」と返事をした。

「ところで、お前はどうしてそんなに熱心なんだ？　やっぱり最初に言った条件のためか？」

「最初の条件って、なんでしたでしょうか？　……あっ、そうだ」

わたしは、ここに異動となったときに室長と交わした話を思い出した。

「……希望する部署への配属とボーナスの支給でしたよね？　ちょっと忘れてました。――わたしが熱心になってしまうのは、祖母の影響かもしれません。多くの人に良い出会いをして幸せな結婚をしてほしいって言っていましたから」

祖母は子供心にもバイタリティ溢《あふ》れるやり手だった。自分が世話した人の結婚が決まれば、家族のことのように喜んで。

「……っ」

そうだ。無事に相手が見つかって深紘氏の結婚が決まったら、この課はなくなる。明島室長とも、もう一緒に仕事をすることはない。つまり裕典さんとも――……

「どうした？」

言葉を呑みこんだわたしに室長が怪訝《けげん》そうな顔を向けた。

「いえ、なんでもないです」

たとえ室長と一緒に仕事をすることがなくなったとしても、婚活プラン立案の手抜きするのは自分の存在理由を否定することだ。そんなの祖母、古池春の血が許さない。

「森里課長には幸せな結婚をしていただきたいです。まずは出会いを成功させないと」

「……そうだな。結果出さないとな」

室長が口もとをふわりと緩《ゆる》めた。従兄《いとこ》を大切に思っているのがよくわかる笑みだ。

いろいろ言われている噂《うわさ》とは違って、二の王子はちっとも軽くなかった。強引だったり自分勝手だったり、そんな面もあるけれど、いざというときは頼りになる魅力溢《あふ》れる人だ。

「はい」

——わたしの想いはどこへ行くのだろう。

ふと思った。一人で重ねるしかない、片恋の行方は……

室長の思わせぶりな態度は「もしかしたら」と自分に都合の良い想像をしてしまいそうになり、余計に不安になる。

わたしは、気づかれないようそっと溜《た》め息をついた。

「ね、ここのパイ、美味しいでしょ？」

「本当！　美味しいです！」

終業後、わたしは及川さんに誘われて、会社から駅一つ離れたところにあるパティスリーに来ていた。以前、実家のパーティのサクラにかり出されたために行けなかった店だ。

「来て良かったあ。パイ、サクサクでクリームが蕩《とろ》けるう」

評判どおり、パイ生地を使ったスイーツが絶品。

わたしは、季節のフルーツを使ったミルフィーユのパイ生地を崩しながら緩《ゆる》みきった顔になる。

「喜んでくれたようで良かった。古池さん、忙しそうだからどうかなって思ってたんだけど、そろそろ一緒にお店に行きたいなって」

異動する前はこうしてよく美味しいものを食べに行っていた。彼女が教えてくれるお店は外れなしで、彼女の舌は信頼できる。婚活プランに組み入れる店の参考にすることもあるくらいだ。

「はい、声かけてもらって嬉しいです。ああ、食べ終えてしまうのがもったいないくらい」

「じゃあ、もう一ついっちゃおうか。パイも良いけどタルトも捨てがたかったのよね」

「タルト、良いですね」

わたしたちはさっそくメニューを広げ、お目当ての物を見つけるとオーダーした。

「そうやって元気に食べるところを見ると、安心した。イジメられている感じもないし」

二つ目のケーキを頬張《ほおば》りながら、及川さんが口を開く。

「イジメって誰にですか。明島——課長はそういうタイプではないですよ？」

わたしは、及川さんと同じように二つ目を頬張《ほおば》りながら訊《き》き返す。

女性に甘いチャラ男と言われている裕典さんに、今どんな噂《うわさ》が出ているのか気になる。もし不本意なものなら、きちんと否定して、及川さんだけにでもわかっていてもらいたかった。

「違う違う。古池さん、総務部なんでしょ。総務っていわゆる女の園《その》って感じで、変に目立つと睨《にら》まれるって聞くから」

「あ、イジメって、そっち」

言われて、納得する。普段意識していないけど、〈広報メディア企画課〉は総務の所属だ。

「他の総務とは、あんまりというか、ほとんど接点ないんですよ。交流なくて」

部署が発足した当初は、慣習からか歓迎会らしきものが催《もよお》されそうな雰囲気はあった。女子社員のお目当ての二の王子がいるので何度も打診されたが、時間の調整がつかなくて先延ばしにしているうちに声がかからなくなっていた。わたしたちは退社時間に社にいなかったり、昼休みに調査に出かけているので社にいない。それにわたしは、女子社員用のロッカールームを使っていないので、他の女子社員とは接点らしき接点がないのだ。

たまたまそうなってしまったんだけど、思えば煩《わずら》わしい人間関係に巻きこまれなくて助かっている。面倒くさいのは直属の上司のことだけで十分だ。

「そうなんだ。……ねえねえ、古池さんとこうして会うのは久しぶりだけど、前よりも、きれいになったんじゃない？」

「ぶっ。きれいって、な、何言ってるんですか」

にっこりと笑う及川さんを、わたしは口もとを拭《ぬぐ》いながら、まじまじと見る。

彼女のほうこそ営業で一緒に仕事をしていたころよりも、内面から輝いていると感じた。

あ、これはもしかして――

女同士で互いを褒《ほ》め合うのは小恥ずかしいものがあるが、間違いないだろう。

「及川さんだって、わたしが営業にいたころより今のほうがずっときれいじゃないですか。あの、気を悪くされたら申し訳ないんですが、もしかしておつき合いされている方ができたんじゃないですか？」

わたしがそう言うと、及川さんはぽっと顔を赤らめた。当たりか。

「これでも周りには気づかれないようにしてきたのに。古池さんって、そういう観察力鋭いんだから」

及川さんが「わかっちゃう？」と少し困り気味に首を竦《すく》めるので、わたしは大きく頷《うなず》いた。

「……もう。古池さんには話しておくね」

美人で気さくで面倒見も良い及川さんが、ようやく出会うべき人に巡り会ったらしい。ここは仲の良い後輩として祝福をしなければ。

「どこで知り合ったんですか？　もしかして同じ会社の人とか？」

合コンだろうか。誰かの紹介？　いろいろ考えられるけど、一番可能性が高そうなところを訊《たず》ねた。

「うん、実は……。でもごめん。詳しくは言えないの。私自身、状況についていけないっていうか、信じられないっていうか」

「ああ、ぜんぜん構わないですよ。お相手は気になるところですけど、事情があるでしょうし。でも話せるときが来たら教えてくださいね」

社内恋愛か。頬《ほお》を染めて恥ずかしそうにする及川さんは、本当に相手のことを大好きなようだ。「詳しくは言えない」なんて言うから一瞬「まさか不倫？」と脳裏《のうり》をよぎったが、幸せそうな彼女の雰囲気を見る限り、それはない。

「じゃ、当たり障《さわ》りのない範囲で——いつもどんなデートをしてるんですか？」

わたしは、うふっと笑いながら身を乗りだす。実際に恋人同士がどういうところへ行くのか、興味を引かれた。これも今就《つ》いている職業のせいか。

「デートって言っても、最近は車が多いかな。この間は峠《とうげ》のチーズケーキのお店に行ったのよ」

「峠《とうげ》のチーズケーキの店？」

そう聞いて思い浮かぶのは、室長と行こうとしたあの店だ。

「前にテレビでやってたところだから、古池さんも知ってるかも。ログハウスみたいな造りで、ハンバーガーとケーキが有名な——。それから雑誌で紹介されたっていうフレンチレストランにも行ったわ」

当たりだ。それから雑誌で紹介されたフレンチ？　及川さんが教えてくれたイタリアンじゃなくて？

わたしは不意に胸の奥に、魚の小骨が刺さったような違和感を覚えた。

「……じゃ、じゃあ、もしかして、もうプロポーズされたとか」

少なくともわたしが営業にいたころは、まったく話が出たことがなかったから、彼ができたのはここ最近。だからまさかプロポーズまではないかなと話を振ってみた。

「うん。お返事はまだしていないんだけど、この間、ホテルのカクテルバーに連れてってくれて、そのとき」

「それって、タワーホテルの最上階の？」

「よく知ってるのね。そう。すごく見晴らしが良いお店で。星がすっごくきれいな夜に、朝日も一緒に見たいって言われて。早起きして見るのかなって思ったけど、そういう意味じゃなくて、毎朝一緒に朝を迎えたいってことで——きゃっ。わ、私何話してるんだろ。ごめん、聞かなかったことにして」

なんなのこれ、このどこかで聞いたような話は——

及川さんはつい幸せのあまり多弁になってしまったらしい。慌《あわ》てたように口もとを押さえた。

「へえ、朝日を一緒に、ですか。素敵ですね。その日はタワーホテルのスイートですか？」

笑みを浮かべながら口にするものの、わたしは刺さった小骨がいきなり巨大化したみたいに、ぐっと胸がつかえてしまった。

どうしたの、わたし。及川さんを祝福できないの？

いや、違う。はにかみながら嬉しそうに話す及川さんが、女子として羨《うらや》ましいという気持ちはあるけれど、心からお祝いしている。しかしそれとは別のところで、心の内に黒い靄《もや》みたいなものが広がっていくのだった。

「やだな、古池さん。どうしてわかるの？　まるで見てたみたい」

わたしが言ったことがまたも当たったらしく、及川さんは首まで真っ赤にしながらも、首を傾《かし》げて瞬《まばた》きをする。

「まさか、違いますよ。そういうシチュエーションならって思っただけですってば。わたしだって一応結婚を夢見る乙女ですよ。もう独り身は十分です」

わたしは急いで、強張《こわば》ってしまいそうな顔に笑みを乗せる。

こんなのよくあるプラン。だいたいチーズケーキもフレンチもメディアに取り上げられた有名な店で、かぶったのは偶然。

だから「タワーホテルのカクテルバーからのスイートルーム」も、きっとたまたまだ。たとえこのコースが裕典さんの言っていたもので、わたしと裕典さんだけしか知らないとしても——

「え？　独り身って、古池さん、そうなの……？」

及川さんが不思議そうな目を向けてきた。わたしに彼氏がいないことは、知っているはずなのに。

自分にプロポーズしてくれる人ができたからって同じに考えないでほしい。そんな嫌な感情を抱いてしまい、わたしは強い自己嫌悪に陥《おちい》った。

そりゃ恋はしている。でも片恋だ。体の関係があるけど……

「お一人様ですよ。もう、言わせないでくださいよ」

わたしはみっともない心を隠して、駄目押しの言葉を続ける。察しの良い及川さんなら、これ以上追及はしないはずだ。

「てっきり古池さんもだって思ったから……、ごめんなさいね、私、何か勘違いしてたみたい」

及川さんが顔を曇《くも》らせた。

わたしは急いで笑みを顔に貼《は》りつけ、いつもの雰囲気になるよう明るく言う。

「いえいえ。今の仕事が楽しいからそれで充実してるように見えたんですね、きっと」

「そうなんだ。〈広報メディア企画課〉って、広報なら営業にもあるからどうなんだろうって思ってたけど、頑張ってるわよね。営業部とは違う視点での販路開拓って感じで」

「そうなんですよ。明島課長って、ふらふらしてるようでさらっと仕事請《う》け負《お》ってくるんですよね。わたしは資料揃《そろ》えたりしてアシスタントとして頑張るって感じです」

これは本当だった。最初こそデートプラン立案ばかりだったが、先日のフリーペーパーを皮切りに室長はあれこれとメディア関係の仕事を取ってくるのだ。今はまだ御曹司の気まぐれという評価が大半だけど、こういった種蒔《ま》きのような仕事が実を結んだとき、〈広報メディア企画課〉はきっと社内でも一目置かれるようになるだろう。

「ちゃんと営業での経験が活かされてるんだね。先輩として嬉しいな」

「ええ、及川さんのおかげです」

わたしは靄《もや》に覆《おお》われていく心を隠して、笑顔で仕事の話をした。

「――じゃ、そろそろ。もっとゆっくり話していたいんだけど」

ケーキを食べ終え紅茶も飲み干したころ、及川さんは申し訳なさそうに切りだした。

さっき、脇に置いたバッグからスマートフォンが鳴る音がしたから、彼からの連絡があったに違いない。

「今からデートですか？　わたしも早くそんな人ほしいなあ」

「私も古池さんからいい人の話、早く聞きたいな。何かあったらいつでも相談に乗るからね」

「ええ、頼りにしてます、先輩」

ここは奢《おご》ると言ってくれる及川さんの厚意に甘えて、店をあとにする。

迎えが来ると言う及川さんと別れ、駅に向かって歩きだしたときだった。見憶えのある車が脇を通り抜けていく。

「え？　今の車……」

よくある国産車だ。だから別に気にすることもないはずだった。

何げなく振り返ると、車は及川さんのところで止まっている。そのナンバープレートが目に入り、わたしは言いようもなく激しい動悸《どうき》に見舞われた。

まさか、そんな。

一瞬だったから、運転していた人を見たわけではない。しかしあのナンバープレートには見憶えがあった。

胸の内に広がっていた黒い靄《もや》がわたしの心を完全に包む。

あれは、わたしも乗ったことのある裕典さんの車だった――

昨夜はあれこれ考えすぎて眠れなかったけれど、わたしはいつもどおり出社した。上着を脱ぎロッカーに置いたカーディガンを羽織《はお》りながら、目に入った鏡の中の自分に溜《た》め息をつく。

腫《は》れぼったい顔――

顔が明るく見えるようにいつも以上に気合をいれてメイクをしてみたけど、精彩《せいさい》を欠いた顔まではどうにもならなかった。

昨夜の光景が目に焼きついて消えない。あの車は間違いなく裕典さんのものだった。

だけど運転していた人を確かめたわけではないから、もしかしたら車を誰かに貸したのかも――と自分に都合の良いように解釈しようとする。誰かって誰よと思いながら。

その「誰か」で浮かぶのは一人しかいない。タイミングが良いのか悪いのか、備えつけのコーヒーメーカーで使う水を汲《く》みに、サーバーを抱《かか》えて部屋を出たところで、わたしはその人に声をかけられた。

「おや古池さん、今朝はどうしたんです？　いつもより化粧、濃いですね」

「吉瀬さん、おはようございます。……濃いですか？」

「いえ。いつものあなたよりは濃いですが、その程度なら一般的かと」

「そうですか。……つかぬことをお訊《たず》ねしますが、昨夜は吉瀬さん、どうされていました？」

訊《き》くつもりはなかったのに、気づけば口から出ていた。

しまったと思ってももう遅く、吉瀬さんは怪訝《けげん》そうに眉を僅《わず》かに寄せる。

「昨夜は、社長の会合のお供で観光プラザホテルにいました。帰宅したのは深夜近くですね。――また私の名を騙《かた》る不届き者でも出ましたか？」

「いいえ。すみません、変なこと訊《き》いて。失礼します」

わたしは慌《あわ》てて頭を下げると、逃げるようにその場をあとにした。

給湯室でサーバーに水を入れながら、わたしはどうしようもなく膨《ふく》れ上がる感情を持てあます。

どうして吉瀬さんにあんなことを訊《き》いてしまったのだろう。彼は答えてくれたけれど、失礼だったことに違いなく、こんな自分に嫌気がさす。

その上、疑惑がより一層確信に近づき、身のほど知らずな思いが鬱積《うっせき》していく。

及川さんは素敵な人だ。わたしと違って、華があってスッピンでも美人だし。後輩の面倒見が良くて責任感もあって、もしお見合いパーティに出たら申しこみが殺到するに違いない。サクラとしてパーティに出ていたわたしが保証する。

強《し》いて欠点を探すなら――そこまで考えたわたしは、「ぐっ」っと胸が詰《つ》まった。自分にはないものを持っているからって、人の欠点を探すなんて、浅ましい。比べること自体が間違っている。

「ね、ね、聞いた？　営業の及川さん、今朝堂々と同伴出勤らしいわよ」

水を零《こぼ》さないように部屋に戻ろうとして、突然耳に聞こえた女性の声に、わたしは立ちどまる。見れば、隣の女子トイレからだ。すると中にいるのは、総務部の女子社員か。

「聞いた、聞いた。ロッカー室、その話題で持ち切り。いくら会社から離れたとこで降りたって、見る人が見れば、わかっちゃうって。王子の車は、車種もナンバーもチェックしてるんだから」

「この分じゃ、昼にはみんなに知れ渡っちゃいそうね。けど及川さんか。意外だわ」

「営業部の才媛《さいえん》が、まさか二の王子とはねえ」

「ということは、あの子は問題外だったってこと？」

その言葉は容赦《ようしゃ》なくわたしの胸を抉《えぐ》った。ここで「あの子」とくれば、わたし以外いない。続いた声に「ほらね」と思う。

「そりゃそうじゃない？　私服が許可されてるのに、それでも女かってくらい地味なのよ？　ここのところ、口紅をつけてるから、ちょっと色気づいたかなって感じだったけど――あっ」

ドアが開き、出てきた彼女たちと鉢合わせしたわたしは、ばつが悪そうに目を逸《そ》らされた。しばらく立ち尽くして、動けなかった。

部屋に戻ってサーバーをコーヒーメーカーに置き、わたしはパソコンを立ち上げる。画面が明るくなると、慣れた手がパスワードを勝手に入力していた。

「おい」

「えっ？」

呼ばれたわたしは、はっとして顔を上げる。目の前に裕典さん――いや、明島室長の顔があった。彼は少し眉根を寄せた訝《いぶか》しげな表情でわたしを覗《のぞ》きこんでいる。

どれだけぼんやりしていたのか、立ち上げていたパソコンの画面は暗転している。

「さっきから声かけてたんだが――どうした？　具合が悪いのか？」

「――っ！　だ、大丈夫ですっ」

熱でもあるのか、とすっと伸ばされた室長の手を、思わず払ってわたしは顔を背《そむ》けた。

「お前……？」

室長がますます変な顔になった。素肌をさらして抱き合う関係のくせに、今さらどうしたと思われただろうか。わたしだって、これくらいなんでもなかった。昨日までなら……

「あ、あのっ、なんでしょうか？　ご用は……」

喉《のど》が詰《つ》まって胸の奥がざらざらしてくる。けれどそんな感情を悟《さと》られるわけにはいかない。

「……いや、コーヒー。サーバー、水のままだから一階の喫茶部に頼もうかなってな。お前も飲むだろ？」

「え、コーヒー？　ああ、すみませんっ。すぐにやりますっ」

コーヒーがどうしたと思ったわたしは、あっと気づく。サーバーに水を入れたまま、コーヒーをセットするのをすっかり忘れていた。

わたしは慌《あわ》てて立ち上がると、戸口横のカウンターに向かい、ルーチンワークの一つだった作業を始める。戸棚から取り出したペーパーフィルターをコーヒーメーカーにセットして豆を入れ、サーバーに入れたままだった水をタンクに移す。

こぽこぽとコーヒーが抽出される音が響き、芳醇《ほうじゅん》な香りが部屋中に広がっていく。

いつもだったら、それだけで落ち着くのに、今のわたしには無理だった。

今朝耳にした女子社員の話が、頭の中でぐるぐるする。

「しばらく、深紘の婚活プランの立案はストップだ」

「ストップって……？」

いったいどういうこと？　深紘氏の婚活こそが、この部署の最優先事項ではなかったのか。

「言葉どおりだ。その間に、彼女のことを教えてほしい」

そうしてわたしの前に置かれたのは、あれこれ口外無用の機密データが入っているタブレットだ。

それに表示されていたのは――

「これは……、及川さ……ん……」

タブレットの画面には、及川さんの写真が表示されていた。

「営業部の才媛《さいえん》なんだってな。お前、親しいんだろ？　昨日、一緒にケーキ食べたって言ってたが」

「はい……、親しい……です。仲、良いですよ。部署変わっても、連絡しあってますし……」

ケーキ食べに行ったって、誰から聞いたの？　ああ、訊《き》くまでもないか。昨日迎えに来たなら知っていて当然だ。

それなのに「教えてほしい」って、プロポーズまでしておいて彼女の何を知りたいと言うの？

嬉しそうに話していた及川さんの姿が脳裏《のうり》に浮かぶ。頭の芯《しん》がぐらりとした。

なんてひどいんだろう。大好きな彼女を素直に応援できない自分が、後ろ暗くてたまらなかった。

淹《い》れたてのコーヒーをカップに注ぎ入れ、応接セットのソファに座る明島室長の前に置く。わたしは、自分の分も用意して向き合うようにソファに腰を下ろした。

「だからですね、及川さんは本当に素敵な人なんですよ」

いったいわたしは、何をやっているんだろう。こんなにも胸が苦しいのに。

でも嘘は言わない。どんな女性かと訊《き》かれたのだから、正直に答える。

それがわたしのプライドだ。目の前に心通わせる二人がいたら上手くいくよう手助けをする。結婚相談所〈プリマヴェーラ・リアン〉を創った祖母の名を貶《おとし》めるようなことはしたくなかった。

「どう素敵かって言いますと、面倒見が本当に良いんですよ。年は二つ上なんですが、気さくで話しやすくて。それからですね、頼りがいがあるんです。わたし、ずっと姉のように慕ってます」

工場勤務だったわたしが本社営業部に移ってきたとき、営業事務としての基本業務をいろいろ教えてくれた。先輩なら後輩を指導するのは当たり前かもしれないが、わたしは彼女の人柄に惹《ひ》かれ、お昼のランチはもちろん、退社後も一緒に食事に行くようになった。これまで婚活プランに入れたお店のいくつかは、及川さんに教えてもらったのだと話す。

これでいいですか？　わたしの話は、ちゃんと参考になっていますか？

ちらりと室長の様子を窺《うかが》うと、手もとに置いたタブレットの画面をじっと見ている。

室長の感情は上手く読めないけれど、僅《わず》かに上がった口角から満足している気がした。

それなら良かった。役立っているなら――

でも、良かったと思うのに、胸がキリキリと痛みを訴える。

情けない。たかが失恋ではないか。それも片恋で。

バカだな、わたし。いつの間にか、裕典さんと共に過ごす女は自分だけだと思い上がっていたことを痛感する。何をそんなに都合良く考えていたのか。はっきりと気持ちを伝えられたことはないというのに。

あれほど、素顔のわたしを良いと言ってくれる人でなければ恋する気はないって思っていたのに、結果はこれだ。やっぱりわたしは、男を見る目がない。体から始まった関係では、心まで望むのは無理だったのだ。

それなのに、裕典さんとのセックスは激しくても、触れた手や指先から感じるのは、いつだってやさしさで。

わたしは快感に翻弄《ほんろう》されて、愛されているのではと、錯覚してしまっていた。

もっと、この体を穿《うが》つ、熱《あつ》く滾《たぎ》った彼の猛《たけ》りがほしいと――……

「梓沙」

「――っ」

不意に名を呼ばれたわたしは息を呑んだ。それも甘い声なものだから、また勘違いしそうになって胸が締めつけられる。

「し、室長……っ、今は仕事中です。会社で名前を呼ばないでください」

わたしは、くっと震える唇を噛《か》んだあと、言葉を紡《つむ》ぐ。

「他に人はいない。ここにはお前と俺だけだ」

「駄目です。人がいるとかいないとかじゃないんです」

「……仕事中じゃなければ良いのか？」

「いえ、もう……。わたしも室長を名前で呼ばないようにしますから」

これは、けじめだ。わたしは一度ゆっくり目を伏せ、そして開くと明島室長を見る。

けれど長くは続かない。どこか困ったような室長の表情がわたしの心を揺さぶるのだ。

「——お前、やっぱり変だ。本当に具合悪くないのか？　顔だって……」

お願いだから惑《まど》わせないで。わたしは心の内で悲鳴にも似た叫びを上げる。

「また、地味とか言うんですか？　あ、今日はちょっと濃いめにメイクしてみたんで、地味なんて言わないでくださいよ」

「いや、化粧のことじゃなくてだな」

「あんまり地味地味って言われるから、ちょっと頑張ってみたのに」

室長が言っているのはそんなことではないのはわかっていたけれど、みっともなく抱《かか》えた想いを気づかれたくない。

「お前な。どれだけ塗ったって、スッピンを知ってるんだから、今さらじゃないか？」

ついには、明島室長は呆《あき》れたよう小さく首を振って息を吐いた。

「あは、はは……、そ、そうですね……今さら、ですね」

室長の言葉が、胸に刺さった。自業自得だ。

わたしは喉《のど》の奥に苦いものを覚えながら、これまでの想いに蓋《ふた》をするため懸命に笑みを浮かべた。


「うう、頭……痛い……」

朝、目を覚ますと、全身が気怠《けだる》かった。しかも頭にずうんとした重みを感じて、起き上がれない。

それでも半身を起こすと、ぐらりと目の前が揺らぐ。二日酔いだ。

昨日、どうにか業務をこなして定時に退社し、家に帰りついたわたしは、珍しく早く帰っていた父親と酒盛りをした。

父は娘と飲めることが嬉しいのか、「とっておきだ」と言って秘蔵の純米酒を出してきたのだ。

わたしは父の話に相槌《あいづち》を打ちながら、ただ杯を重ねた。

相変わらず〈プリマヴェーラ・リアン〉の業績は横ばい。会社は弟が継ぐことになるだろうが、このまま結婚相談所を続けていけるのか、先行きは不安だ。わたしも、そろそろ身の振り方——本気で家業を手伝ったほうがいいのかなと思い始める。

それを思い出し、痛む頭を抱《かか》えながら今日も濃いめのメイクで出社した。部屋に入ると、明島室長がもう来ていた。

「おはようございます」

室長はわたしの顔を見るなりブリーフケースを手にして立ち上がる。

また一緒にリサーチに行くことになるのだろうか。諦《あきら》められない想いのせいで、顔が強張《こわば》りそうになる。

「あず……、いや古池さん。今日明日と社長の供で出張になった。そのまま俺はうちの直営店が各地のデパートを巡回してくるから一週間くらい留守にする。あとは適当に頼むな」

「え——、はい、わかりました」

室長はあわただしく出ていった。

残されたわたしは、突然の出張に驚きはしたが、ひとまずいつもどおり振る舞えたことにほっとした。

それからあっという間に一週間が経《た》った。今日からまた室長と顔を合わせるのだと、微妙な気持ちでわたしは出社したのだが——

始業時間に現れたのは総務部の部長だった。明島課長から休むと連絡があったとのこと。体調も崩したのだろうかと心配になって部長に訊《たず》ねたが、詳しいことは聞いていないらしかった。

あの日以来、明島室長と及川さんのことは、主だった社員が皆知ることになった。今は製造工場のほうでも知らない人はいないくらい話が広まっている。チャラいほうの王子が営業部きっての才媛《さいえん》をモノにしたと。

それがあるから、まさか出社拒否……？　でも噂《うわさ》になってしまった及川さんは仕事を休むことなく出勤している。

さらにまた三日過ぎた十日後のことだった。

「え……、部長、今なんとおっしゃられました……？」

以前のようにリサーチに出かけることもなく、わたしが黙々と一人で仕事をしていると、〈広報メディア企画課〉に総務部長が姿を見せた。手には辞令を持っている。

「この短い間にあっちこっちやらされる君が気の毒とは思うんだが、これも決まったことでね」

わたしは神妙に頭を下げたまま話を聞く。実は衝撃が大きくて項垂《うなだ》れていたのだった。

今日付けで、わたしは元の部署である営業部に異動、この部署は廃止となることを告げられたのだった。

「あの……、ですが明島課長は……」

責任者である室長がいないのに、こんな大事なことが進むなんてことあるの？　本来、部下の異動は直属の上司から言われるものじゃないの？

「ああ、裕典くんのことは気にしなくていい。彼も元の社長秘書に戻ることになったからね」

「秘書にですか」

そうですか。これで、あれこれ好き勝手我がまま言って作った部署はなくなり、つき合わされていた社員——わたしは、営業部に戻る。すべては元の鞘《さや》に戻ったということだ。

「——異動は今日付けだ。すぐに営業に行きなさい。この部屋の片づけは秘書の吉瀬くんに任せてある」

「わかりました」

踵《きびす》を返し出ていく部長の背中に答えるものの、あまりにも突然すぎて気持ちがついていかない。

どういうこと？　紙切れ一枚で異動させられるわたしってなんなのだろう。思えば始まりも突然なら終わりもいきなりだった。

これで終わってしまっていいの？　深紘氏——一の王子の婚活はどうするんだろう？

けれどわたしはただの平社員だ。これが会社の方針だというなら、受け入れるしかない。

「古池さん——」

一つ下の営業フロアに降りてきたわたしは、待っていたように名を呼んだ女子社員を見た。

「及川さん、またこちらでお世話になることになりました。よろしくお願いします」

室長がこの人を選んだのだと思うと、胸の奥がざわざわしてくるのは否めない。

でも、わたしは大丈夫、と自分に言い聞かせ、笑みを浮かべる。だってぜんぜん知らない人よりも、どうせならよく知っている及川さんのほうがいい。彼女がどれだけ良い人かわかっているし。

「戻ってくるの待ってたわ。古池さんが復帰してくれるなら、私も安心して任せられるもの」

「はい？」

任せられる？　何をだろう。

「今日、帰り良い？　話があるの」

わたしが頷《うなず》くと及川さんはほっとした顔で戻っていた。


終業後わたしたちは、会社の最寄り駅とは反対側にあるダイニングカフェに来ていた。ここなら会社の人は滅多に来ない。

「えっとね、まずは謝るわね。ごめんなさい。古池さんには本当に申し訳なくて」

席に着いた途端、及川さんに謝られる。だけど、これはなんに対する謝罪なのだろう。わたしが明島室長に片想いしていたことは彼女には知られていないはずだ。

「及川さん、わたし、どうして謝られるのかわからないんですけど」

わたしは彼女の様子をそろそろと窺《うかが》う。

「あ……、そうね。順番に話さないといけないわね。えっと――」

そうして及川さんは話し始めた。

「えっ、及川さんの恋人って、森里課長だったんですか!?」

彼女から名を告げられた瞬間、わたしは衝撃を受けた。もちろん良い意味で、だ。

「まだ秘密にしておいてね。何かとんでもない噂《うわさ》が広まっちゃって、困ってるんだけど、深紘さんは正式に発表したら消えるだろうからって。でも、それじゃ古池さんが……」

心底申し訳なさそうに、眉尻を下げて謝る及川さんに、少し違和感を覚える。これではまるで……

「及川さん、その噂《うわさ》って、あれですよね。二の王子とつき合ってるっていう。それがわたしとどう関係があるんですか？」

「だって、古池さん、裕典さんのこと好きなんでしょ？　私、古池さんには誤解されたままでいたくないの」

「――っ!!」

わたしは声にならない悲鳴を上げた。まさか、及川さんに知られていたなんて。

「え……そんなに驚くこと？　前に古池さんは仕事が楽しいからって言ってたけど、それだけじゃないって思ったもの。でも言いたくなさそうだったから突っこんで訊《き》かなかったのよ。私も深紘さんのことを言えなかったし」

「あ、今言えるってことは……」

「ええ、社長にもご挨拶して、専務と奥様にも正式に結婚を認めていただきました」

「わぁ、おめでとうございます！　良かったですね」

そういうことだったのか。深紘氏の婚活はちゃんと進んでいたのだった。……わたしの知らないところで。

だから、あの部署は役目を終えたってことで廃止、わたしは異動になったのだ。でもこれでは、裕典さんとやってきた婚活プランとは関係ないから、わたしたちがミッションを完遂《かんすい》したとは言えないが。

「ぜんぜん知りませんでしたよ、わたし」

「うん、相手が一の王子でしょ。下手に知られちゃまずいって、深紘さんと話して秘密にしてたの。でもちょっと浮かれてたのね。油断して車から降りるところ見られちゃって、あのとおり。まさか車のナンバーをチェックされてるなんて思ってなかったから。実はね、あのとき車を運転していたのは深紘さんだったの。自分の車が車検中だからって、裕典さんの車を借りていて」

「あ……そうだったんですか……。じゃあ、わたしと別れたあと迎えにきた車も……」

「ええ、深紘さん。——えっ、それ古池さんに見られてたの？　ああ、ごめんなさい。気をつけてるつもりだったのに、ぜんぜんなってない。私、秘密にする恋愛は無理ね」

わたしは一気に脱力した。何これ、つまり運転手別人説で良かったたってこと？　さすがに及川さんのお相手が深紘氏だったなんて思いもしなかったけど。

「ということは、ずっと気にしてたよね。ごめんね。いくらまだ公表する時期じゃなかったからって、古池さんだけには言っておいても良かったのに」

「秘密が漏《も》れてしまうことを心配するのは当然ですよ」

「でも古池さん、そういうこと触れてまわる人じゃないでしょ?」

そう言われ、わたしは、ちょっと嬉しかった。及川さんは、わたしがむやみに噂話《うわさ》をする人間じゃないってわかってくれている。

「ねえ、裕典さんと連絡取ってる?」

「いいえ、ぜんぜんまったくですけど? だって、社長と出張に行くって出かけて行った日以来、会ってませんし」

「ええ!? 連絡取ってないの? って、会ってないってあなたたち何やってるの――」

及川さんが絶句した。

連絡を取り合っていないのは、そんなにおかしな話だろうか。だって、わたしたちは連絡し合うような仲じゃなかったのだ。

「私てっきり、古池さんは裕典さんとって思っていたのよ。……わかったわ、その辺り深紘さんに訊《き》いてみるわね。裕典さんね、社長の指示で今、各地のデパートを巡回しながら工場増設のためのリサーチしているって聞いたわ」

「工場増設の……。そうだったんですか。あの、本当にわたしとその……裕典さんは……及川さんが思っているような関係じゃないんです。だから森里課長には何も言わないでください」

裕典さんが会社に出てきていない理由はこれでわかった。でもわたしは一言もその話を聞いていない。やっぱりこれって、上司と部下以上の関係ではなかったということだろう。もうその関係もなくなってしまったけれど……

及川さんは、頑《かたく》なに繰り返すわたしを見て、困った表情を浮かべている。

「そうなのね。……でも、古池さんにはお礼を言わなきゃ。深紘さんが連れて行ってくれるお店というか、デートのコースは、裕典さんと古池さんが考えてくれてたのでしょう。深紘さんから聞いたときは驚いたわ」

「そんな話をされてたんですか、森里課長は」

もしかして、婚活プランの話を？　そういえば、深紘氏は及川さんといつからつき合い始めたのだろうか？

訊《たず》ねると、及川さんは答えてくれた。

「私たちがつき合い出したのは、古池さんが異動になって、すぐあとくらいかな？　だけど、裕典さんが何やら頑張ってるんで、私とのことを家族に言い出しづらかったんですって。しばらくお見合いをするけど、形だけだから気にしないでくれって言われて……。でも裕典さんたちが用意してくれたデートのプランはすごく良いから、って。フレンチや美術館、チーズケーキのお店に連れて行ってくれたの。そういえば、チーズケーキのお店に行くとき、迷子になったんですって？　古池さん」

それからカクテルバーのプランは最高の記念日になったと及川さんは話す。

「うわ、そんな話まで。もうヤダな、何かバレバレな感じで」

あれこれ思い出してしまい、たまらなくなってわたしは苦笑いした。

それに、お見合いは形だけって……。きっと、深紘氏はお見合いで結婚を決める気はなかったのだろう。ただ、裕典さんの面子《メンツ》を潰《つぶ》すわけにいかなくて、わざとうまくいきそうにない人ばかり選んで、プランを実行してたんだ。

でも結果として、わたしたちが立案した婚活プランで及川さんとのデートを楽しんでくれたのなら、それで良いか。

立てた自分たちも楽しんでいたのだし、明島室長――裕典さんと一緒に過ごすことができたのだから。


元の部署である営業部に戻ったわたしは、及川さんについて仕事を憶えていた。

異動した日、『私も安心して任せられる』と言われたのは、及川さんがわたしを自分の後任として仕事を任せようとしていたからだった。

さすがに営業部の才媛《さいえん》の名はダテではなく、その仕事量は半端《はんぱ》ない。ちゃんと引き継げるかどうか心配になってくる。

「梓沙ちゃん。今日は、帰りに串カツのお店行こう」

「串カツですか？　合わせてビールも良いですね」

「決まりね」

ロッカー室で着替えていると及川さん――彩実さんから誘われる。

彩実さんとは、今では共有する秘密もあって名前で呼び合うほどに親しい仲になった。週に一度のペースでこうして食事に行く。

どうも裕典さん絡《がら》みでわたしを気にしてくれているらしかった。

そんな、営業部に戻って、そろそろ半月ほど経《た》とうとしていたある夜。

「嘘……」

終業後、二階の更衣室で着替えを済ませたわたしは、スマートフォンがないことに気づいた。おそらく営業部の自分の席に置いてきてしまったのだろう。

一瞬、「誰の連絡を待つでもないからなくても平気」とこのまま帰ろうかと思った。しかし時計代わりに使っているのだからないと困ると考え直し、階段に向かう。

営業部は二つ上の階だ。エレベーターを使うまでもない。

階段を駆《か》け上がるわたしの耳に、カンカンカンと鳴るヒールの音が響いた。昼間だと気にならないのに、どうして人気《ひとけ》がないとこんなにも意識してしまうのだろう。

「おや、古池さん」

「ひぅっ！」

不意に後ろから声をかけられた。

わたしは驚きのあまり叫びかけたが、慌《あわ》てて呑みこむ。声の主が誰かわかったからだった。

「何、驚いているんですか」

「吉瀬さん……、いきなり声をかけられたものですから」

わたしはばくばくする胸を宥《なだ》めて答える。驚くなというほうが無理だ。このフロアに吉瀬さんがいるなんて思いもしなかった。

「知った顔を見れば、声くらいかけます。ましてやあなたは、一時とはいえ裕典さんの部下だった人ですから」

「そうですか」

できれば声をかけないでほしいと思うのは、我がままだろうか。裕典さんの話を持ちだされるのは、今のわたしにはつらい。

「で、こんなところで何してるんですか？　私服で」

「忘れ物をしたので取りに行こうかと。吉瀬さんはどうされたんですか？　ここ三階ですよ？」

本人が再三言うように吉瀬さんは社長秘書だ。役員室のある五階以外の階にいることは珍しい。

「深紘さんに呼び出されたんですよ。まったく、私は社長の秘書なわけで、御曹司の面倒を見るためにいるのではないんですが」

「……呼び出された？　ああ」

前にもよく聞いていた馴染《なじ》みあるセリフは、吉瀬さんがことあるたびに裕典さんに言っていたものだ。この分では、意外と深紘氏も吉瀬さんにあれこれ頼みごとをしているのかもしれない。確か、学生時代の先輩後輩だったたか。

「……そういえば、ご存知でしたか？　裕典さんですが」

吉瀬さんは眼鏡を押し上げ、そこで一旦言葉を切った。

その仕草は相変わらず様《さま》になっている。

「室長が何か？」

「今日付けで会社を辞めました。——古池さん、聞いてます？」

「……そんな……」

聞いてます、って何？　会社を辞めたこと？　それとも今わたしがショックで口が利けない状態になってるから？

「その様子だと、耳は聞こえてるようですね。でも話は聞いていない、と」

「……聞いてない」

「だからそう言って……、古池さん？」

「会社辞めたって、どういうことなんですか？　教えてください……っ」

あれから裕典さんとは、会ってもいないし話してもいない。メールだってない。いくらもう用が済んだからって、こんな仕打ちってあるの？　もう、やだ。わけがわからなすぎだ。

「本当に何も聞いてないんですね。どうせ似合わない痩《や》せ我慢をしたのでしょうが」

「痩《や》せ我慢？」

誰が痩《や》せ我慢？　わたしがしてると？

そうなのかもしれない。好きなら好きって伝えれば良かったのだ。変に考えていないで。

「……いえ、こちらの話です。まあしかし、こんなところであなたに会ってしまったのは、何かの縁なのでしょうね。——少し良いですか？」

時間はあるかと訊《き》かれたわたしは、頷《うなず》く。

「では、立ち話もなんなので、そこの自販機前の休憩スペースで」

自動販売機の前に置かれたベンチに、二人で腰かける。そして聞かされたのは、裕典さんが〈広報メディア企画課〉を作ったそもそもの理由だった。

「発端は裕典さんが江原の家を出る——つまり会社を辞めたいと言い出したことです」

「家を出るって、そういう意味だったんですか」

それを一人暮らしをするためだと思ったわたしは、なんて浅はかなのだろう。思い出すと、彼は一人暮らしをしていた。会社を辞めるとなれば、孫を溺愛《できあい》している社長が反対するのも理解できる。

「ええ。社長はこの先、孫二人で会社を切り盛りしてほしかったんです。でも裕典さんの決意は固くて説得できませんでした。それで深紘さんが、自分が結婚して誰もが認める〈江杏堂〉後継者となるから、裕典さんは好きにさせてやってくれと言ったんです。後継ぎさえしっかりしていれば、裕典さんが家を出ても会社経営は安泰だろうということで。それで、社長から提案されたのが深紘さんの結婚を取りまとめることと、会社の売り上げを現状より伸ばすこと。しかも新規取引先の開拓をする際には営業部の邪魔はしないという条件付きで。社長は絶対無理だと思っていたようです」

「でも裕典さんはやってしまったんですね」

「そういうことです。おかげで社長も認めることになりました」

本当のところは、深紘氏は自分で相手——彩実さんを見つけた。しかしそれは当事者しか知らない秘密で、対外的には裕典さんが紹介したことになっているらしい。持ちこまれていた数々のお見合い話が上手くいかず、だったら営業部にいる才媛《さいえん》はどうかと。

今まで人づき合いを苦手としていた深紘氏よりも、交友関係の広い裕典さんのほうが女性を見る目は確かだということになり、晴れて彩実さんは深紘氏の婚約者と相成った。

だから裕典さんの面子《メンツ》も立ったようだ。

裕典さんが約束してくれた、ミッション・コンプリートのあかつきには希望する部署への配置換えも、わたしの希望は元の部署。営業部の才媛《さいえん》の後継として仕事を憶え、ゆくゆくは担当を持たせることで話が進んでいる。

「しかし、意外でした。裕典さんがあなたに何も言ってなかったというのは。私はてっきり、裕典さんはあなたと――」

「吉瀬さん、それ冗談でもキツイです。わたしはそんなんじゃありません」

わたしは、その先におそらく続きそうな言葉を聞きたくなくて、口を挟んだ。

まったく今のわたしには酷《こく》な話を次から次へとしてくれる。

一時は裕典さんも自分のことを想ってくれているかもと思いもしたが、自分に何も言わずに姿を消したことが答えだ。つまりわたしは、裕典さんにとってセフレ。どうってことない相手だ。改めて意識すると泣きたくなってしまう。

「どうやら私は口が滑《すべ》ってしまったようですね。忘れ物、取ってらっしゃい。送っていきましょう。よろしければ裕典さんのマンションにでも」

わたしの顔色から何かを感じたらしい吉瀬さんは、思いもしなかったことを言い出した。

「だ、だ、大丈夫ですっ。そんな裕典さんのマンションなんて」

顔を引《ひ》き攣《つ》らせながらも笑みを浮かべて答える。そんなところに送られたら、傷口に塩を塗りこまれて風呂に放りこまれるようなものだ。

「……あなたも痩《や》せ我慢をするほうなんですね。裕典さんのマンションは冗談ですが、外まで送りますよ。この時間、一階は施錠されてますから」

「え……、もうそんな時間ですか？」

しまった。どうやら思いのほか話しこんでいたらしい。

「わかりました。すぐ取ってきますから、少し待っていてください」

わたしは慌《あわ》てて吉瀬さんに背を向けると、四階へと続く階段を駆《か》け上がった。


そうして翌日。〈江杏堂〉一の王子、森里深紘氏の婚約が公表されたのだった。

6　想いはずっと、これからも

裕典さんと会わなくなって、そろそろ二ヵ月が経《た》とうとしている。わたしはこの日、プリンス・レイトンホテルにいた。

今日はここで、〈江杏堂〉の取り引き先や昔からお世話になっている人を招いて、森里深紘氏の婚約披露パーティが執《と》り行《おこな》われるのだ。

わたしは、彩実さんの友人として、付き添い人を仰せつかっている。

実家のこともあり、こういった席に慣れているからと白羽の矢が立ったらしい。それも深紘氏直々の指名だそうで、わたしが彩実さんと親しくしていることも理由の一つだと、話を持ってきた社長秘書の吉瀬さんは言っていた。

なのでわたしの格好は華美すぎないソフトスーツ。メイクも同様だ。それでも普段の地味さ加減からいえば、三割増しで頑張った。全力ですると別人仕様になって「誰？」になってしまうから。

「梓沙ちゃん、今日はよろしくね。ああ、もう帰りたい」

控室で、今日の主役、彩実さんが珍しく緊張してか、顔を強張《こわば》らせて、まだ始まってもいないのに帰りたいなどと言う。せっかく甘やかな雰囲気のメイクとシフォンジョーゼットのワンピースで、大人可愛くドレスアップしたというのに。

「何言ってるんですか。これからですよ、パーティは」

「でも私、こういう華やかな苦手なのよ。婚約しただけでこんなパーティなんて」

「いつもどおり、バシッと仕切っちゃって良いんじゃないですか？　営業で相手にしてるときみたいに」

それとこれは別よ、と彩実さんが嘆《なげ》く。

まあ、彩実さんの気持ちはよくわかる。来客のほとんどが会社関係で、下手は打てない。これは相当なプレッシャーだ。さすがに相手が御曹司となると、ちょっと親しい人に集まってもらっての報告会というわけにはいかないことを実感する。

「でも、一の王子の森里課長を射止めたんですから、これくらいは。それに、社長嬉しそうですよ？」

だからこんな大がかりなパーティになってしまったのだけど。

「それは、ありがたいことよね。私はただの社員で、実家だって親はサラリーマンだし。だから反対されるのかなって心配してたら、本当に喜んでくれて。社長も専務も奥様も——」

もちろん、裕典さんもだろう。あれほど待ち望んだ従兄《いとこ》の晴れの日だ。わたしだって友人として良かったと心から思っている。

「——で、あなたはどうなの？　二の王子……裕典さんとは」

「っ！　それを訊《き》きますか、今」

足もとをすくわれたような一撃だ。

「訊《き》くわよ。心配なんだもの。裕典さんってば、梓沙ちゃん放ったまま会社辞めちゃって、どういうつもりなのかなって。――今日来てるんでしょ？」

「ええ、来てるはずです」

「来てるはずって、会ってないの？　どうして？」

「だって、なんともなりませんよ。片想いですもん。せっかくの日なのに水を差すようで申し訳ないですが」

会社を辞めても、裕典さんが〈江杏堂〉の御曹司であることに変わりはなく、今日のパーティにはもちろん列席する。

会いたい。でも会いたくない。会ったらそのあとが、きっとつらい。

振られたのはわたし。置いていかれたのもわたし。

何も言わずに去っていった、それが答えだ。だから会えない、会いたくない。

「まだそんななの？　だって、深紘さんの話じゃ……、ああそれでなのね」

意外そうな顔でわたしを見ていた彩実さんが頷《うなず》いた。

待って、納得顔で頷《うなず》かれてもわたしにはどういうことかわからない。

「森里課長に何を言われたんですか？」

心配になったわたしは彩実さんに訊《たず》ねる。しかし「楽しみは取っておくものよ」とすんなり教えてはくれない。

「じゃあ、もう少しここで待機ね」

「え？　でもそろそろ時間ですよ？」

さらにわけがわからず、わたしは時計を見ながら答える。待機ってどれくらいだろう。

そのときドアをノックする音が聞こえ、わたしは応対するため、戸口に向かった。

開宴の時間が迫《せま》ってはいるが、迎えが来るには少し早い。

「中に入ってもよろしいですか？」

ドアを開けると、立っていたのは吉瀬さんだった。すちゃりとかけている眼鏡のブリッジを指先で押し上げる。

「はい、どうぞ」

「では失礼します」

丁寧に断りを入れて、吉瀬さんが部屋の中に入ってきた。それも、どんなスーツを入れているのか少し大ぶりのガーメントバッグを携《たずさ》えて。

そのバッグに見憶えがある。

「吉瀬さん、着替えるんですか？」

いつにも増してピシッとスーツを決めている吉瀬さんに、わたしは首を傾《かし》げながら訊《たず》ねる。

「いえ、私は着替えませんよ。着替えるのは、古池さんですから」

「はい？」

わたしが着替えるってどういうこと？　まったくわからないことだらけだ。

吉瀬さんからガーメントバッグを渡される。見憶えのあるのも道理。わたしが使っているものだった。

「これ、わたしのですよね。どうして――」

吉瀬さんが、と続けようとしたがその言葉を吉瀬さんに遮《さえぎ》られてしまう。

「いいですか、もう再三言ってますが、私は社長の秘書なんです。なのにあのお二人は、なんでも私に頼めばいいと思っているのでしょうね。今日は深紘さんですが」

吉瀬さんが言った途端、彩実さんが噴き出した。あんなに緊張で硬《かた》かった表情が、頼りになるやさしい先輩の顔になる。

「あなたのご実家に連絡し、ドレスを預かってきました。中にアクセサリー一式も入っているそうです。さすがこういうことに慣れてらっしゃいますね、ご実家は。パーティドレスをすぐに用意してくれました」

「え……」

吉瀬さんの言い様にわたしは言葉が詰《つ》まる。実家に何を言ったの!?

そんな心の内とは裏腹にわたしの手は動き、二つ折りのバッグを広げて中からドレスを取り出した。皺《しわ》にならないように入れてくれているはずだが、こういった物は伸ばして吊るしておくにこしたことはない。

ドレスは水色のプリンセスラインのノースリーブワンピース。初めて裕典さんに会ったパーティで着ていたものだ。

あの日は同素材のボレロを合わせてお嬢様然としたが、今日はシルクオーガンディーのショールが合わせてある。一緒に入っていた靴は、ラインストーンがポイントのエナメルパンプスだ。

これに着替えてパーティに出ろということ？　つまりこれがさっき彩実さんの言った楽しみ――？

「素敵ね。そのドレス」

「でも彩実さん。これでは……」

付き添いなのに目立ってしまうではないか？

「ううん、着替えて。今のスーツも悪くないけど、梓沙ちゃんにはこのドレスのほうが絶対似合うわ。ねえ、吉瀬さんもそう思うでしょ？」

彩実さんから話を振られた吉瀬さんは、やれやれと息を吐いた。

「女性の服装はよくわかりませんが、彩実さんが言われるなら、そうなんでしょう。――古池さん、深紘さんから伝言です。これを着て往生際《おうじょうぎわ》の悪い従弟《いとこ》を思い切りガツンとやってほしいそうです」

「は？　イトコをガツン？」

えっと、誰のことかなと頭の中で繰り返す。深紘氏のイトコと言えば、裕典さんだ。

「これは、要《い》らない情報だと思われたときは忘れてください。裕典さん、今日のパーティが終われば、ニューヨークに行くそうです。向こうに父親の明島氏がおられるので」

「……嘘、そんな」

ニューヨークに父親がいるなんて知らなかった。しかも、これから行っちゃうなんて。

寝耳に水とは、こういうときに使う言葉か。わたしは手足の先がすっと冷たくなるのを感じた。

「どれくらい向こうに行っているのかわかりませんが、もしかしたら永住する気かもしれません。それで社長とはかなり激しくやり合ってましたからね。だから、チャンスは今日しかないと思ってください。では私はこれで――」

するると、部屋を出ていこうとする吉瀬さんに彩実さんが声をかける。

「吉瀬さんって本当に面倒見の良い方なんですね。深紘さんが言ってたとおりだわ」

「……昔からの腐れ縁でしょうかね。一時は裕典さんの家庭教師をしていたこともありますからね。あの人は、一見器用そうに見えて、その実かなり不器用なんです」

けれど二人が何を言っているのか、わたしの頭には入ってこない。吉瀬さんから告げられたことがショックだった。「ニューヨークに行く」「永住するかもしれない」と、それだけがグルグル脳裏《のうり》を巡る。

「じゃ、梓沙ちゃん。急いで着替えよ？　もう時間がそうないわ」

「え、は、はい……」

ふと気づけば吉瀬さんの姿はなく、目の前に彩実さんが立っていた。


そうして、宴が始まった。ビュッフェスタイルだから、招かれた客は銘々《めいめい》好きなところで歓談している。会場の上座中央に社長の江原氏、その横に今日の主役二人が並ぶと、そこに視線が一斉に集中した。

わたしもその中の一人だ。胸のもやもやを無理やり抑え、挨拶をする江原社長と二人を微笑ましく見詰《みつ》める。

控室ではあんなに不安そうにしていたが、彩実さんはなかなか堂々としたものだ。これなら大丈夫そう。まずは一安心と息を吐く。

付き添い人なのだから本当はもっと近くにいたほうが良いのかなと思いつつも、わたしはそれ以上、上座の近くには行けなかった。だって二人のすぐ横には裕典さんがいるのだ。

久しぶりに姿を目にした裕典さんは、何を話しているのか楽しげに周囲の人と言葉を交わし、笑みを浮かべていた。

きっと深紘氏は何か勘違いしているのだろう。わたしがどうして裕典さんをガツンとできるのかわからない。今だって意識しすぎるあまりとんでもないことをやらかしてしまいそうで、裕典さんに見つからないように会場の隅《すみ》から窺《うかが》っているくらいなのだから。

「あの、古池さん？」

「はい？」

後ろからおずおずとした憶えのある声がした。振り返るとスイートピンクのドレスが目に飛びこんでくる。

「濱本さん」

マユリさんだった。彼女も招待されていたらしい。

というか、招待されたのは父親だろう。彼女の父親は〈菱澤工務店〉の常務。〈江杏堂〉とは古くからのつき合いがある。

「今日はスタッフじゃないんですね」

「ええ、今日は実家とは関係ないので」

わたしは肩を竦《すく》めて苦笑いする。皮肉に聞こえそうな言い方だが、マユリさんは思ったことを素直に口にしているだけなのがわかる。

「古池さんって、本当に〈江杏堂〉さんの方だったのね。でも一番驚いたのは、吉瀬さんとおっしゃっていた方が、江原社長のお孫さんだったってことね。〈プリマ〉のパーティで名前を偽《いつわ》っていたのは私も同じだから、大きな声では言えないけど」

「すみません。先だってはありがとうございました」

これは仕事と、苦くなる胸の内を押しやって笑みを浮かべ、わたしは頭を下げる。

「この間、東馬さんのお休みの日にお茶したんですよ」

「そうなんですか。上手くいってるようで良かったです」

嬉しそうに話すマユリさんに、わたしは口もとに笑みを乗せて頷《うなず》く。

わたしがスタッフとして出たあのパーティのあと、マユリさんは東馬さんに告白したそうだ。さすがにそれでおつき合いが始まるなんてことはなく、東馬さんは丁重に断ったらしい。しかし、そこでマユリさんは粘り、友人のポジションを手に入れたのだ。

そのことは、こっそり東馬さんの部下であるイベントスタッフから教えてもらっていた。変に入会を勧めなくて良かったという報告と共に。

一見たおやかな雰囲気のマユリさんだけど、ずいぶん頑張ったようだ。わたしもそれくらいの気概があれば、想いをぐずぐず引きずっていないで決着をつけられたかもしれない。

「素敵ですね、婚約者の方。そちらの営業部きっての才媛《さいえん》とお聞きしました」

緩《ゆる》く巻いた髪を揺らしながら、マユリさんは会場の奥に目をやる。

ごてごてと塗りたくるだけのメイクをやめた彼女の顔は、前に会ったときよりも魅力的だ。

「ええ。彩実さんはわたしの自慢の先輩なんです。ところで、濱本さんの今日のドレス、素敵ですね。甘い色合いがよくお似合いです」

「ドレス、東馬さんにアドバイスしてもらったんですよ。今日のパーティに何着ていこうか相談したとき、ピンクが似合うって言ってくれて」

マユリさんは嬉しそうに目を細めた。

「東馬さん、そういうの見立てるの上手いですもんね」

長年、お見合いパーティに参加する女性を見ているからか、目が肥《こ》えている。

「ねえ、古池さん。今日の主役を紹介していただけませんか？　私、森里さんとお会いするの、初めてなんですよ」

こう言われては、いつまでも会場の隅《すみ》で話しているわけにはいかない。

森里氏とのお見合い話がひそかにあったなんて、マユリさんは夢にも思っていないだろう。わたしも話す気はない。

「わかりました。では行きましょうか」

わたしたちは、連れ立って歩き始める。

でも、そのときだ。

「春野さん？　敦子さんなのか？」

男の声がわたしを呼びとめた。

ここでその名を口にする者はいないはず。まさか——？

ぞわりと全身の毛を逆撫《さかな》でられたような感覚を覚えながらも、わたしは振り返った。

「あ……」

わたしはそれきり言葉が続かない。もう会うことはないと記憶の最下層に沈めていた男——裕典さんと初めて会ったパーティに乗りこんできた、あのストーカー男がいたのだった。

今日は〈プリマヴェーラ・リアン〉とはまったく関係のない、〈江杏堂〉の御曹司の婚約披露パーティなのに、どうしてっ⁉

隣のマユリさんは、怯《おび》えたように顔を強張《こわば》らせている。彼女もこの男が乱入してきたときあの場にいたのだから、思い出したのだろう。

「さっき、いけ好かない奴を見かけて胸糞悪かったんだけど、君に会えたならゼンゼンOKだね」

いけ好かない奴って、まさか裕典さんのこと？

どこかで見かけてあとでもつけてきたのか。それで勝手に中に入ってきた？　いや、この会場にいるのだから、もしかしたら今日の招待客の一人かもしれない。

「春野さん、いや敦子さん。俺達が出会うのは運命なんですよ。最近このホテルで〈プリマヴェーラ〉がパーティしなくなったと心配してたけど、まったく関係ない会社のパーティで再会したんだから」

何言ってるのよ、こいつ!!

わたしはどうやってこの場を切り抜けようか考える。人を呼んで摘《つま》みだしてもらえばいいの？　じゃあ誰を呼ぶ？　ホテルの人？　ここには助けてくれる東馬さんはいない。

「ねえ、何か言ってよ。君って会うたび印象が変わるよね。前のときはお嬢様っぽくて、もろ俺の好みだったけど、今日はちょっと残念？」

残念って……。だったら声かけないでよ!!

ああ、こんなことで感情を乱してはいけない。男の言葉に気を取られている場合ではないのだ。

しっかりしろと自分を叱咤《しった》する。

まずは会場を出よう。ここにいてこれ以上騒がれたら、せっかくのおめでたい席をぶち壊しかねない。他の来客に気づかれないうちに出るべく、わたしは竦《すく》んでしまった足にぐっと力を入れた。

脳裏《のうり》に裕典さんの姿が浮かぶ。本当は助けてほしい、でもこんなことで迷惑をかけたくなかった。わたしとは済んだことなのだ。ニューヨークに行ってしまう人を巻きこむわけにはいかない。

あ、マユリさんは……？

そうだ、とわたしは思い出したように横を見る。

だがそこに彼女の姿はなかった。わたしが狼狽《うろた》えている間に、離れてくれたようだ。

誰か呼んできてほしい気持ちも少しあったが、あんなに怯《おび》えた顔をしていたのだ、去ってくれて良かった。

わたしは小さく息を吐き出すと、黙ったまま入り口に向かう。男がついてくると確信して。

しかし、このあとどうしたものか……ノープランだ。受付は営業の若手が務めてくれているはずだから、彼らに助けを求める？


いや、会社の人を頼るのは駄目だ。これはわたしのプライベートだから、自分でなんとかしないと。


でもどうしたらいいんだろう。まったく思いつかない。

「何？　どこ行くのかな？」

案の定、男は嬉しそうな顔でついてきた。

会場の外に出て受付の前を通ったとき、若手に変な顔をされたが、何も言わずに過ぎる。

そのとき、横からいきなり肩をつかまれ、そのまま腕の中に抱きこまれた。

「まったくお前は」

耳に落とされた声からは彼が苛立《いらだ》っているのがよくわかる。でも、悔しくなるほどやさしいことをわたしは知っていて――

「ゆ……」

もう、それだけであとが続かない。喉《のど》からせり上がってくる嗚咽《おえつ》をこらえるのが精一杯になる。

「なっ!!　お前!!　また、なんだよっ!!」

裕典さんの胸に顔を埋《うず》めたままのわたしは、背後に上《うわ》ずった男の声を聞く。

「そっちこそなんのつもりだ!!　勝手な真似はやめてもらおうか」

裕典さんの声には怒気が孕《はら》んでいる。

こんな声も出せる人なのだと初めて知った。

「勝手な真似って、俺はついてきただけだ。彼女……、春野敦子さんに」

腹立たしいほど得意げに、まるでわたしが誘ったように言われて吐き気がした。

「彼女の名は春野じゃない」

裕典さんは冷静だ。

「はあ？　何言ってんだ。彼女は敦子さんだ。春野敦子。初めて会ったその瞬間に、俺を虜《とりこ》にしてしまった女神だ」

「――っ」

目眩《めまい》を覚えてわたしは声を上げようとした。でもその口を裕典さんの手で塞《ふさ》がれてしまう。喋《しゃべ》るな、ということのようだ。

「……どうやら誰か似た人と勘違いしているようだな。今後のこともあるから、きっちり話をつけようか」

裕典さんは普段の口調に戻っていたが、それでも有無を言わさぬ響きがあった。

「似た人って……、そうなのか？　敦子さんじゃない？　こんなに似てるのに？　そうだよ、敦子さんはもっとつぶらで大きな目をしてたな」

ぱっちりした目じゃなくて悪かったわね！　それメイクだから！

声に出すことなく叫ぶと、わたしはその目もとを引《ひ》き攣《つ》らせた。

「……春野さんなら、前に俺も会っているが――、まあ女神だな」

裕典さんは男を刺激しないようにするためか、話を合わせるようだ。

「あ、そうか。あんたも会ってるんだったな、敦子さんに。特にあのときの彼女は、ようやく俺に巡り会えた喜びに震えていた。ああ、敦子さん」

男の声が、夢見るように芝居がかってきた。

確かに震えていたけど、誰が喜んでいたものか。つき纏《まと》われる恐怖で震えていたのだ。

この男には何を言っても通じない。自分の都合の良いように変換されてしまう。

「だから断言する。こいつはあんたの言う女神じゃない。別人だ。強《し》いて言うなら他人の空似だ」

「え……、空似……」

裕典さんは他人の空似で押し切ろうとしていた。本当のことを言って話をつけるより、このまま曖昧《あいまい》にしておくことにしたらしい。裕典さんのこういう機転の利《き》かせ具合は、さすがだと思う。

問題を先送りにしている気がしなくもないが、これなら変に拗《こじ》れずにやり過ごせそうだ。この男は下手にかかわってはいけない部類。これで大人しく引いてくれれば良いのだけど。

「行くぞ」

「んぅっ」

口が塞《ふさ》がれたままなのでわたしは頷《うなず》くしかできず、それでもぶんぶんと首を数回縦に振った。

裕典さんの手が、支えるように背中に回ってわたしを促《うなが》す。後ろから痛いほど視線を感じたが、今はこうして離れるのが得策だろう。

エレベーターに乗り、ついた先はなぜかスイートルーム。それもリビングとベッドルームの二部屋続きで、広々としてラグジュアリー感溢《あふ》れる空間は、スイートの中でも上位クラスのものだ。

しかし、そんな室内には不似合いな、とっても見憶えのある物が、リビングのセミダブルベッドくらいありそうなロングソファの脇に置いてある。

吉瀬さんが、わたしのドレスを入れて持ってきたガーメントバッグだ。今は着ていたスーツが代わりに入っている。それと、メイク道具一式とエチケット用品などを纏《まと》めて放りこんだトートバッグ。

すべてわたしの私物、控室に置いていたものだ。それがどうしてここにあるのだろう。

訊《たず》ねる間もなくわたしは裕典さんに詰《つ》められる。

「お前はまた……っ」

「――っ」

わたしは項垂《うなだ》れるしかない。前に、自分でどうこうしようとするなと、きつく言われたことが思い出される。

しかしあの状況でどうすれば良かったというのだ。誰か人を呼ぼうにも、なんと言えばいいのかわからない。だいたい裕典さんとは距離があったし、プライベートのことで騒ぎたくなかった。

「濱本嬢から話を聞いたときは肝が冷えたぞ」

「え、マユリさんが……？」

そうか、マユリさんがいなくなったのは、裕典さんを呼びにいったからだったのか。わたしは彼女の行動力に感謝する。彼女に会ったら礼を言わないと。

それにしても裕典さんは、どうしてわざわざこんな部屋までわたしを連れてきたんだろう。絡《から》まれたショックを落ち着かせるためなら、控室でも十分なのに。

「あ、あのっ、戻りませんか、会場に……、パーティ抜けてきちゃいましたからね」

ひどく真剣な眼差《まなざ》しで裕典さんが見てくる。

「――梓沙、聞いてくれ」

「それに、ど、どうして、わたしの荷物があるんですか？　スイートルームですよね、ここ」

思い詰《つ》めたような低い声で裕典さんに名を呼ばれたわたしは、咄嗟《とっさ》に遮《さえぎ》るように声を上げた。

先ほどの男に出くわしたショックが少なからずまだある。裕典さんがニューヨークに行くとか、処理能力が追いつかない話は今聞きたくなかった。

「……彩実さんに訊《き》いて、お前の荷物を運ばせたからだ。婚約披露パーティが終わったら、ここに連れてくるつもりだったからな。さっきの奴のせいで予定が少し早くなったが」

裕典さんは、深紘さんからルームキーを渡されたのだと言った。

いつの間にそんなことを……って深紘さんからキーを渡されたということは、この部屋は深紘さんと彩実さん、今夜のパーティの主役二人のために用意してあったってことではないのか？　だとしたら、深紘さんと彩実さんが泊まる部屋がなくなってしまうんじゃ……

他にも気になることがある。わたしを連れてくるつもりだった、ってどういうことなんだろう？

男に絡《から》まれ、気を落ち着けるためだったらその辺の通路でも良い話で、まして荷物まで運ぶ必要はない。それだとそもそも「パーティが終わったら」という言い方にはならない。

もうどう考えようが、わからないものはわからない。

降参だ。

「あの、どうしてわたしはここに連れてこられたんでしょう？」

「ったく、お前ってやつはっ‼　どれだけ俺を振り回せば気が済むんだ」

いきなり裕典さんは気が立ったように言い、腕を広げたかと思うとわたしを抱きしめた。

腕の中に収まってしまったわたしは、一瞬にして心臓の鼓動《こどう》が加速し呼吸が乱れる。

「わ、悪かったと思ってます……、か、絡《から》まれたのは、自分のせい、です、から」

そう答えるのがやっとだ。

裕典さんに変な責任を感じてほしくなかった。これは本当。結果的に迷惑をかけてしまったが、男に絡《から》まれたのはひとえにわたしの油断のせいだ。

「そんなことじゃない」

「そんなことじゃないって……」

わたしはわけがわからず、裕典さんの言葉をそのまま繰り返す。

「まったく、深紘の言うとおりだな。俺たちはまず気持ちを伝え合わないといけないようだ」

「森里課長がそんなことを……？」

けれど今さら何を？　気持ちを伝え合うと言われても、わかりきっているではないか。

「お前は誤解してる」

「誤解、ですか？」

もちろんわたしはピンとこない。

「そうなったのは俺の責任なんだよな。ああ、くそっ。いいか、よく聞けよっ」

「は、はい……」

裕典さんの強い口調に呑まれたわたしは、目を瞬《またた》かせて頷《うなず》いた。

「お前が好きだよ。初めて会ったときから。そのドレスを着て震えていたお前に、あっという間に心を奪われた」

「え……初めて会ったときから……？」

「前にも話しただろ？　何か誤解して怒って金も受け取らずに帰ってしまったお前が新鮮で、もう一度会いたいと、〈プリマヴェーラ・リアン〉に連絡したが、断られたって。どうしようかと思っていたら、偶然にもうちの社員で、それも部下にと目星をつけていた女だった。飾らない素顔のお前を知って、ますます好きになったんだ。結局、深紘の婚活プランに自分もしっかり乗っかってたってことだな」

ここまで言われたら、間違いようがない。わたしの頑《かたく》なな心がほどけていく。

「で、でも……、黙って会社、辞めちゃったじゃないですか。わたし、置いてかれたって。も、もう駄目なんだ、って……お、思って」

それも二ヵ月だ。何も言ってくれることなく会社を辞めた裕典さんから、電話もメールも連絡一つなかった。そのことがわたしの中で引っかかっている。

「悪かったよ。けどな、俺だって自信がなかったんだ。お前は何かというとすぐに気のないことを言うからな。そのくせ誘うように見るし、あれのときは恐ろしいほど感じてくれて悩ましいし。俺はずっと振り回されっ放しだった」

「そんな、裕典さんが自信がないなんて――」

振り回していたのはどっちだ。わたしだって裕典さんの言動で、どれだけ右往左往したかしれない。

「自信なんかなかったよ。お前は俺を頼ることもなく、なんでも一人でやろうとするし。もしかしたら好意を向けられていると思ってるのは、俺の勘違いなのかもってな」

「迷惑かけたくなかったんです。わたしだって」

自分でできることまで、やってもらおうなんて思わない。

でも裕典さんはもっと頼ってほしかったの？

「そういうやつだよ、お前は。そんなだから放っておけなくて、守ってやりたいって思ったんだ。だが、俺は日本を離れる。これはずっと決めていたことだ。聞いているんだろ？　ニューヨークに行く話は」

「吉瀬さんから、お父様がいるニューヨークに行くと聞きました」

わたしは胸が潰《つぶ》れるほど苦しいけれど、平静を装《よそお》って答える。

「親父があっちで建築デザイナーをやってるんだ。何人か人を使っているが、小さな事務所でな。

俺は親父のもとで仕事を始める」

「〈江杏堂〉でダブル王子でやっていくんだと思ってました」

王子と言ったのが照れくさかったのか、裕典さんはどこかきまり悪そうな顔をした。

「ダブルって、王子は二人も要《い》らないよ。じいさんは二人で会社をもり立ててほしかったみたいだけど、跡を継ぐのは深紘だ。俺がいたら、何かの拍子で会社を割るようなことになるかもしれない。そうなったらまずいからな。それにこれは、昔、じいさんに引き取られたとき、親父とした約束だ」

「でもっ！　聞いた話じゃ、裕典さんのお母様が亡くなられたとき、育てられないから……っ。すみません」

わたしは感情に任せて口にしそうになった言葉を途中で呑みこみ、項垂《うなだ》れた。それは「そういう噂《うわさ》」。真実かどうか確かめたわけではないのだ。

「そんなことも言われてたな。子供を放棄したひどい親だって。実際、ちょうどニューヨークで事務所を開いたころで、親父に俺を育てる余裕がなかったのは本当のことだし。でも、約束したんだ。大きくなったら一緒に暮らそうって。まあ、今から考えると突っこみどころ満載だし、俺も二十七で今さら感もあるしな。だから親父のもとに行こうと決めたのは、それが理由じゃないんだ」

「え？」

「じいさんには話してないが、親父のヤツ、これまでの無理がたたったのか体壊しちゃってさ。息子としては傍《そば》にいてやりたいって思うんだ。あれでもたった一人の親だからな」

淡々と話す裕典さんが切ない。こんな話をされては、もうわたしには、引きとめる手立てはない。

だから……、想いが通じていたとわかっただけで十分だと思おう。

「ニューヨーク、いつ行くんですか？」

「二週間後。本当は黙って行こうと思ってた。こんな自分の都合で、お前の人生を縛っていいのかずっと考えて。だが距離を置いたこの二ヵ月、情けないことにお前を諦《あきら》められそうもなくて。だから梓沙、身勝手なことを言ってる自覚はあるが、待っててくれないか？　俺が向こうで一人前に生活できるようになったら、迎えに来るから」

えっ、待ってて――？

「迎えに……、って裕典さん。……わたしを……？」

「ああ、待っててほしい」

何よ何よ、この嘘みたいな展開。これはプロポーズ？

「……黙って会社辞めちゃって、連絡だってくれなくて。だからわたし、好きでいちゃいけない人だって思ってて……」

頭の中がぐちゃぐちゃで、わたしは繰り言を口にする。

「だから悪かったって。一年か二年か、どうなるかわからないが、俺を待っててほしい」

「……嫌です。待ってるなんてっ」

だから、もう!!　あまりのことに、だんだん腹立たしくなったわたしは、きっぱり言いきる。

「梓沙……？」

途端に裕典さんは驚いた顔をして動揺を見せた。

けれどわたしに困らせる気はないから、言葉を続ける。

「待つなんて、嫌。一緒に行きます。離れていたくないっ。あなたがわたしを好きだって、必要だって言ってくれるなら、どこへだって行くわ、一緒にっ。——大人しく待ってなんかやらない」

「あ……、梓沙っ！」

みるみる晴れやかな表情になった裕典さんは、わたしを抱きしめた。腕が力強く締まる。

「ゆ、ゆう、す、けさ……」

息苦しさで、わたしは喘《あえ》ぐように恋しい人の名を口にし、胸を叩いて隙間《すきま》を作る。そして伸び上がって唇を裕典さんのそれに押しつけた。ありったけの想いをこめて。

すぐに裕典さんは、わたしの唇を吸い上げて応えてくれた。

「ん……っ」

「お前、可愛すぎだろ」

鼻の頭を齧《かじ》るように舐《な》められ、くすぐったさでとくんと一際《ひときわ》高く脈打った鼓動《こどう》が、甘く爆《は》ぜた。

羽織《はお》っていたショールは床に落ち、互いに唇を貪《むさぼ》りながら隣の部屋に移動したわたしたちは、大きなツインベッドの一つに倒れこむ。その拍子にエナメルのパンプスが足を離れて転がった。

まるでいつかの再現だ。違うのは、あのときはどこか探り合うようにしていたのが、今は心から想いを通わせていること。

「梓沙」

わたしをシーツの上に組み伏せた裕典さんが、切なそうに見下ろしてくる。

どうしてそんな目をしているのか、体の芯《しん》からこみ上がってくる感情が教えてくれる。

愛しくて恋しくて、違《たが》えることのない想い。もう言葉は要《い》らないと思った。触れる指先から、零《こぼ》れる吐息から、気持ちが溢《あふ》れて二人を包んでいる。

「――いいか」

「裕典さん……」

わたしが目を細めて頷《うなず》くと、裕典さんはベッドに膝立《ひざだ》ちになった。

脱いだ上着を無造作に床に投げ、締めていたネクタイに指を入れて緩《ゆる》める。ワイシャツの裾《すそ》をスラックスから引き出してボタンを外し袖を抜くと、これも放り投げた。

一見運動とは無縁のイメージがある裕典さんだけど、脱ぐと無駄なく引き締まった体をしていることがわかる。

そんな裕典さんをわたしはうっとりと見詰《みつ》め、カッコ良いと思った。

「ものほしそうな目で見るな。今すぐかぶりつきたくなる」

「……わたしも裕典さんがほしい」

早く一つになりたい。二人の間を隔《へだ》てるものをすべて取りはらって。

わたしは自分が欲情しているのを感じた。

「煽《あお》るなよ。結構ギリギリなんだぞ」

裕典さんがズボンのベルトに手をかけ、前を寛《くつろ》げる。途端に中に収めていた熱情が下着を突き上げた。

わたしは引きつけられるように体を起こして四つ這《ば》いになると、膨《ふく》らんでいる下着を押し下げ中のものを取り出す。丸く膨《ふく》らんだ熱棒の先から透明な雫《しずく》が滲《にじ》んでいた。

「おい、梓沙」

「これが裕典さんの……」

こうして間近で目にするのは初めてだ。指の二、三本なんて比べものにならない大きくて確かな存在。これは二人の体を繋ぐためのものだ。グロテスクだと言う人もいるが、裕典さんのものだと思うと愛しくてたまらない。

「……そんなにじっと見るな。いくら俺でも恥ずか――って、お、おい!?」

わたしが唇を寄せたので、裕典さんは言いかけた言葉を呑みこんで慌《あわ》てたように髪に手を入れ、引き離そうとした。わたしは構わず舌を出し、丸みの小さな口に溜《た》まっている雫《しずく》をすくい取った。初めて知る味が舌先で広がる。

「んっ」

裕典さんが小さく呻《うめ》き声を上げた。同時に勃《た》ち上がっていた昂《たかぶ》りがふるりと揺れる。感じてくれているのだ。

さらに愛しさを覚えたわたしは尖端《せんたん》に口づけを繰り返し、そのまま唇を開いた。丸みをすべて口に含んで棒つきキャンディーのようにねぶる。

「お前……っ、そんな真似――」

二人が出会ったあの夜と逆だ。今はわたしがしてあげる。

「あふぅ、ゆ……、裕典さ……、ら、ってえ……、わら……しっ、を――んくぅ」

丸みから下の括《くび》れに舌を這《は》わせながらだったので、舌っ足らずな言い方になった。

「――っ、咥《くわ》えたまま……喋《しゃべ》るな……っ、んうっ」

裕典さんが吐息を弾《はず》ませ呻《うめ》いた。

わたしの拙《つたな》い行為でも感じていると思うと嬉しくなって、喉《のど》の奥まで太い肉茎を頬張《ほおば》る。歯を立てないようにして唇で扱《しご》き、含みきれない根本は指を使って擦《こす》った。

舌先を窄《すぼ》めて尖端《せんたん》の窪《くぼ》みを突けば、裕典さんの味がいっそう口の中に広がった。それを味わいながら、丁寧にまたしゃぶって舐《な》め上げる。

背中に裕典さんの手を感じた。ドレスが少し引っ張られ、ジジッとファスナーの音と共に体に小さな開放感が生まれる。

「梓沙……、このままではドレスが皺《しわ》になる」

わたしの両頬《りょうほお》が、裕典さんの掌《てのひら》に挟まれた。

「あふっ」

すぽっと口の中のものが抜け、唾液《だえき》で濡《ぬ》れた情欲がわたしの目の前でそそり立った。

体を起こして裕典さんを見上げれば、肩からドレスがするりとベッドの上に落ちる。

ストラップレスのブラジャーとショーツの上にストッキングだけの姿になったわたしは、「あっ」

と慌《あわ》てて腕で体を覆《おお》った。羞恥《しゅうち》がよみがえり、できるだけ裕典さんの目から肌を隠したくなったのだ。

「お前、大胆に俺のを舐《な》めていたくせに、何を恥ずかしがってる」

「だって、裕典さんが見てるから……」

「当たり前だ。梓沙の体をこうして見てもいいのは俺だけだろ？」

わたしの背中に手を回してブラジャーのホックを外した裕典さんは、クスリと笑んで胸を隠していた手をつかんで左右に広げた。

「きゃっ」

肩紐のないブラは落下し、ぷるんと二つの膨《ふく》らみが露《あらわ》になる。膨《ふく》らみの尖端《せんたん》はまだ触れられてもいないのに勃《た》ち上がっていて、紅色を濃くしていた。

それを指先で弾《はじ》いた裕典さんは、わたしが声を我慢している隙《すき》にベッドから下り立つ。

「俺の体を見ていいのも、梓沙だけだ」

言いながら、半端《はんぱ》に緩《ゆる》めていたスラックスを始め、下着や身に着けていたものをすべて脱ぎ去った。

体の中心で雄々《おお》しく天を衝《つ》く欲熱を隠すこともなく全裸となった裕典さんを、わたしはやっぱりカッコ良いなと見惚《みほ》れる。

「シャワーを使わせてやりたいが、二ヵ月我慢したんだ。早くお前を味わいたい」

裕典さんは危なげなくわたしを抱き上げて、ふわりと隣のベッドに横たえた。慣れた手つきでストッキングを剥《は》ぎ取り、残すはショーツのみとなる。もといたベッドの上には、抜け殻となった水色のドレスが広がっていた。

「ああ……」

裕典さんが覆《おお》いかぶさってきた。直接触れ合う素肌が心地良く、わたしは声を上げる。すると裕典さんの手が下肢《かし》に伸び、秘部を覆《おお》っているショーツの上からまさぐりだした。

「くうっ……んっ」

指先で探られるたび、ビリビリと甘い痺《しび》れが走り、体から蜜《みつ》が溢《あふ》れてショーツの生地がぺたりと貼《は》りつく。

「もうこんなになってたのか。上から触ってもわかるくらい、ぐっしょり湿《しめ》ってる」

「や……、言わ……ない、で」

恥ずかしくてたまらない。どれだけいやらしい体してるの、わたし。

触れ合える悦《よろこ》びが蜜《みつ》となって、中から溢《あふ》れ出しているようだと思った。

「こんなにも俺をほしいと思ってくれてたんだな――嬉しいよ」

「ゆ……す……けさ……ん」

そんな嬉しそうな顔でわたしを見ないで――

裕典さんが、二カ月我慢したと言うなら、わたしも同じ。強がって平気な振りをしていたが、胸に抱《かか》えた空虚《くうきょ》さを埋《う》められることはなくて。

「あんっ」

裕典さんがのしかかったまま、器用にショーツを腿《もも》まで下げると、蜜《みつ》を溢《あふ》れさせている肉裂につぷっと指を差し入れた。

「どんどん湧いてくるな」

ゆっくり抜き差しをする指が、わたしの体の中にある快感のスイッチを掠《かす》めてる。そしてより深く、届くぎりぎりの部分を擦《こす》っていく。浅いところでは蜜《みつ》をかき出すように動いて周囲に塗り広げる。

「ああっ！　ああんっ！」

さらには肉裂に潜んでいる秘芯《ひしん》に蜜《みつ》を塗りつけ押し潰《つぶ》した。途端に電気ショックにも似た強い痺《しび》れが背筋を走り抜け、わたしはつま先を反《そ》らして喉《のど》から愉悦《ゆえつ》に濡《ぬ》れた声を上げる。

「イイ声だな。もっと聞かせろ」

わたしの絶え間ない嬌声《きょうせい》を呑みこむように口づけた裕典さんは、徐々に体を下へとずらしていく。空いている手で胸の膨《ふく》らみを鷲《わし》づかみにし、指の間から覗《のぞ》かせた乳首を口に含んで甘噛《あまが》みした。

「はぁっ……、んんっ」

下肢《かし》に施《ほどこ》される愛撫《あいぶ》がもどかしく腰を動かし、胸の頂《いただき》から広がる甘い疼痛《とうつう》で喉《のど》を反《そ》らす。

「梓沙、さっき俺のを咥《くわ》えたお返しだ」

「え……？」

ゆるゆると肌の上を裕典さんの指と唇が滑《すべ》っていく。半端《はんぱ》に脱がされていたショーツを抜き取られ、お返しの意味を目の当たりにしてわたしは息が詰《つ》まった。脚《あし》を広げられ、裕典さんがそこに顔を埋《うず》めたのだ。

「ひゃぁっ、ああん、んっ」

ぬるっと弾力のあるものを感じた。裕典さんの唇だ。肉裂をねぶられ、湛《たた》えている蜜《みつ》をじゅるっと音を立て吸われる。

わたしは、ジンジンとした疼《うず》きの裏側に甘い愉悦《ゆえつ》を感じて、つま先で何度もシーツを蹴った。

「ふあっ！　ああっ、あっ、あ、あ、ああっ――」

わたしは腰を跳《は》ね上げる。秘芯《ひしん》の根もとを指で押されて、尖端《せんたん》を舌先で突かれたのだ。それは剥《む》き出しになった神経を直接なぶられるのにも似て、刺激が強すぎ、愉悦《ゆえつ》に身を委《ゆだ》ねるどころではなくなり、意識が飛びそうだった。

「あぁ……っ、そ、それ……、イヤ……あ」

「イヤって、イイだろ？　そんなに腰振って、言ってることが違うぞ」

手を休めてくれないから、わたしは喘《あえ》ぐ息のまま言わなくてはならない。

「か……感じてても、わたし……、ゆ……すけ、さんのが……いい……、一つに、なりた……い」

だから満たして。苦しくて息も吐けなくなるくらい一杯に。滾《たぎ》らせた剛熱の猛《たけ》りで、蜜《みつ》を湛《たた》える膣洞を。

何より、この体はもう知っている。熱い欲肉の塊《かたまり》を打ちこんでもっと深く抉《えぐ》ってほしいのだ。そうして得られる悦《よろこ》びはすべて裕典さんが教えた。

「――くそっ。ちょっと待ってろっ」

体を起こした裕典さんが、ごそりと動いてベッドのヘッドボードに手を伸ばした。

そして素早く避妊具を着け終えた裕典さんは、わたしの脚《あし》を左右に割って抱《かか》え上げる。

「あんっ！」

蜜口から敏感な秘芯《ひしん》へ何かが滑《すべ》るように当たって、ビリッとした瞬間つま先が宙を蹴った。

裕典さんが天を衝《つ》く昂《たかぶ》りの尖端《せんたん》で擦《こす》ったのだ。まるで、わたしから溢《あふ》れ出る蜜《みつ》を纏《まと》わせるように何度も。

指と違って繊細な動きではないが、薄い被膜越しでも互いに一番感じるものを触れ合わせていると思うと、わたしの頭は痺《しび》れていく。

「俺を煽《あお》りやがって。お前ってヤツは――」

「ああっ!?」

わたしの腰を抱《かか》えていた裕典さんが太腿《ふともも》に手を滑《すべ》らせて膝裏《ひざうら》をつかんだ。そのまま勢いをつけて膝頭《ひざがしら》が胸につくほどわたしの体を二つ折りにしてしまう。

いったいどんな格好になっているのか、自分でも目にしたことのない秘密の部分がすべて丸見えになっていると思うと、恥ずかしくてたまらない。

「やぁ……、こ……んなっ、の……っ」

離してほしかった。けれど裕典さんに押さえこまれているのでそれも叶《かな》わない。

「少し、我慢しろ。――んっ」

裕典さんの眉間に皺《しわ》が寄る。苦しいのだろうか。

体の中に入ってくるものをわたしは感じた。

「ああっ、お、奥……、は、入って……っ、んあ、ああ」

指では届かなかった深いところまで昂《たかぶ》りの尖端《せんたん》を押しこまれ、絶対的な存在に圧倒されたわたしは、媚熱のこもった声を上げる。これこそ待ち望んだものだ。

「くっ、梓沙の中、絡《から》みついてくる」

「んんぅ、んぁ、し、知らな……いっ、ああ……」

言われても、自分の中がどうなっているかなんて、わかるわけがない。ただ、裕典さんが感じてくれるなら、それで良かった。

「はぁん、ん、んぅ、んん」

裕典さんが腰を使いだし、滾《たぎ》る熱情が打ちこまれる。膣壁を強く擦《こす》って、尖端《せんたん》がこれ以上進めない奥深いところを抉《えぐ》った。迎えている蜜口からそのたび、ぐちゅぐちゅといやらしい水音が上がって、尻に滴《したた》るのを感じる。

「梓沙」

名を呼ばれても、ひっきりなしに上がる喘鳴《ぜんめい》で返事ができない。背中のシーツを握りしめ、喘《あえ》ぐ息の下で頷《うなず》くのがやっとだ。

「――っ、梓沙っ」

いきなり裕典さんが、つかんでいたわたしの脚を離して、覆《おお》いかぶさってきた。汗に濡《ぬ》れた彼の胸でわたしの膨《ふく》らみが押し潰《つぶ》される。

快感を追おうとしていたわたしは放りだされて、内側が中途半端《はんぱ》に疼《うず》く。

「あ、ふぅ……、んんっ」

チュウッと口づけられた。

「お前……、どこでそんな誘い方、憶えたんだ」

「えっ？」

言われた意味がわからず眉を顰《ひそ》めれば、裕典さんが困ったように片頬《かたほお》を歪《ゆが》めた。

「無意識かよ。濡《ぬ》れた唇の隙間《すきま》から、舌を覗《のぞ》かせるな。そんな顔見てたら、あっという間にイッてしまう」

そんなことした憶えはないのに——と思っていると、体を起こした裕典さんに脚《あし》を片方、抱《かか》えられた。ふくらはぎから踵《かかと》に唇が寄せられ、くすぐったさから逃《のが》れようと膝《ひざ》をためれば、足首をつかまれてつま先を口に含まれた。

「あ、そんなとこ——あぁぁっ」

まさか足の指を舐《な》められるなんて思っていなかったわたしは、いけないものを目にしてしまったようないたたまれなさで、首を振る。

「足の指、感じるんだ」

「ちが……っ、やぁっ、ひゃあ、あん、あ、あ……」

違うと言いながらも、指の間に舌を差しこまれて一本一本丹念《たんねん》にねぶられたわたしは、胸の膨《ふく》らみを愛撫《あいぶ》されているような疼痛《とうつう》を感じて頭の芯《しん》を痺《しび》れさせていく。

わたしはどうしてしまったのだろう。こんな変態じみた行為なのに悦《よろこ》んでしまうなんて――

その間も体は繋げたまま。裕典さんは動いていないのに、お腹の奥がきゅうっと絞《しぼ》られるのを感じた。

「くっ、そんなに締めるなっ」

「し、知らない――あっ!?」

不意に抱《かか》えられていた脚《あし》がベッドに下ろされた。

それにはほっとしたけれど、裕典さんの昂《たかぶ》りを抜かれて慌《あわ》てる。

「……抜いちゃ、や……」

満たしていたものが消え、ぽっかり穴が開いたような喪失感を覚えて、わたしは自分でも信じられない言葉を口走る。

はっと気づいたときは、微苦笑を浮かべた裕典さんに見下ろされていた。

「ちょっとだけ我慢しろ。ったく、ヤバかったぞ。足舐《な》めただけで食いちぎられるかってくらい締めつけて」

締めつけるなとさっきも言っていたけれど、もしかして裕典さんには良くないことだった？

「……裕典さんは気持ち良くなかった？」

自分ばかり感じて乱れてしまっていたのが申し訳ない。だから抜いてしまったのかと、わたしは不安に駆《か》られながら訊《たず》ねた。

「何を今さら訊《き》くんだ。お前の中が良すぎて気が変になりそうだよ」

「気持ち良かった……？　じゃあ、もっと変になって……」

つい口が滑《すべ》る。とっくに理性なんて失っていたけれど、「変になって」は恥ずかしすぎだ。

でも裕典さんは蕩《とろ》けそうな顔で「お前もな」と頷《うなず》き、わたしの体を半回転させて俯《うつぶ》せにした。

「もっと感じて乱れろ」

「乱れろって……、あっ」

下腹を抱《かか》え上げられ突き出すような格好になった尻に、膝立《ひざだ》ちの裕典さんの昂《たかぶ》りが当たる。それは、ちっとも力をなくしてはいなくて、クチュクチュと脚《あし》の間を行き来し始めた。肉裂の間を撫《な》で、秘芯《ひしん》を突き擦《こす》る。

「あ、あ、あ――」

わたしは感じる愉悦《ゆえつ》で背をしならせながら、どこか満たされないもどかしさに腰を振る。

理由はわかっていた。再び繋がりたいのだった。

「そんなにほしがるな。今入れてやる」

裕典さんがわたしの腰をつかみ直し、昂《たかぶ》りの尖端《せんたん》を宛《あて》がった。

ぐいっと押し入ってくる裕典さんを感じて、わたしは一際甲高《ひときわかんだか》く濡《ぬ》れた声を上げた。既《すで》に中を広げられていたこともあって、体は貪欲《どんよく》に呑みこんでいく。

「ああっ!!」

後ろから穿《うが》たれたためか、思いもしなかった角度で突かれ、わたしは電気が走ったように強い愉《ゆ》悦《えつ》にわなないた。

「あ、ああ、んぁ、んんっ――……」

そうしてわたしを深々と貫いた裕典さんは、前後に揺さぶりだした。

ずるりと引き、一気にねじこむ。抜き差しはすぐに激しさを増し、奥を突き破らんとする勢いで何度も膣壁を抉《えぐ》ってかき回す。

「はぅっ！　ああ、あうんっ、ああ、あああ――っ」

これでもかと奥の奥まで突き入れられ、わたしの体は上下に跳《は》ねる。

肌がぶつかり合う音と共に、自分のものとは思えない嬌声《きょうせい》が響いて恥ずかしかった。

でもどんなに息を詰《つ》め、口を閉じようと奥歯を噛《か》みしめても、呼吸するように上がってしまう声は止められそうもない。感じすぎて絶え間なく迸《ほとばし》る声は、自分の意思ではどうにもならないようだ。

だったらもう、体に刻まれる愛しい人の律動だけを追い、覚える快感に身を委《ゆだ》ねようと思った。

「ああ、あうんっ、んあ、あ、あ、あ……」

与えられる悦《よろこ》びは、初めこそは小さなものが爆《は》ぜて痺《しび》れるだけだったが、いくつも重なり、いつしかもたらされる快感が媚熱を呼んで体の内から膨《ふく》らんでくる。

先ほど行きかけた忘我の極みへと押し上げられていく。

「……っあ、ああ、梓沙」

「はぁ……、あ、あっ、うん、ゆ……う……っ、あ……あん」

感極まった声で名を呼んでくれる裕典さんに返事がしたいけれど、上手く名を呼び返せない。

揺さぶりがいっそう激しくなって、まるで体を巡る血液が沸騰していくようだ。

もしかしたら熱肉の摩擦《まさつ》で熱く滾《たぎ》っているのかもしれない。そんなことを考えつつも、意識が白い世界に取りこまれていく。

「梓沙、もう……少し、だ」

中をかき回す裕典さんの昂《たかぶ》りがまた大きくなった気がした。猛《たけ》る情欲の尖端《せんたん》が、がつんがつんと奥に当たって体が打ち砕かれてしまいそうだ。

意識が朦朧《もうろう》としてくる。

「あ、あ、もう、んあ、あぅ、わ、わたし……っ、ああん、ああ——」

「——梓沙っ!!」

中で暴れる裕典さんが咆哮《ほうこう》を上げた。

同時に目蓋《まぶた》の裏で星が弾《はじ》け、わたしは意識を手放した——……


ふと目を開けると、光量を絞《しぼ》ったスタンドが薄ぼんやりと灯《とも》るベッドの上だった。

ここはどこだっけ、と一瞬戸惑《とまど》いを覚えたが、下腹部のジワリとした鈍痛によりすぐに状況を思い出した。ここで何度も繋がり方を変えて、裕典さんと激しく抱き合ったのだ。それから意識が曖《あい》昧《まい》になって、どうやら寝てしまったらしい。

裕典さんの声が部屋の向こうから聞こえた。隣のリビングで誰かと電話で話しているようだ。相手は吉瀬さんだろうか。御曹司に振り回されている社長秘書の顔が浮かんで、ついクスッと口もとが緩《ゆる》む。それにしても、何か忘れていやしないだろうか?

そうだ、パーティ!!　こうしてはいられない。今、何時!?

途中で抜け出してどれくらい時間が経《た》っているのか確かめようと、気怠《けだる》い体を起こして、ベッドサイドのテーブルの電子時計に目をやる。

「ウソ!?　十時過ぎてるの!?」

指し示された時刻を見て、わたしは驚きのまま再びベッドに沈んだ。まさかあれから四時間近く経《た》っていたなんて。

パーティを抜け出したのは不可抗力だったとはいえ、こんな失態あるだろうか。〈江杏堂〉御曹司の婚約者の付き添いという、任された職務も果たさず。

社会人としてあり得ない。いくら二ヵ月ぶりに肌を重ねた疲れが出たのだとしても、言い訳にならない。何よりこんな理由、恥ずかしすぎる。

「目を覚ましたか」

声を聞き咎《とが》めたらしく、バスローブ姿の裕典さんが顔を覗《のぞ》かせた。

「うん……。パーティ、もう終わってしまったよね」

時計の時刻が間違っていなければ、確認するまでもない。

「ああ、とっくにな。二次会も今、終わったらしい」

おずおずと縋《すが》る思いで訊《たず》ねたわたしに、裕典さんはあっさりと言い放ってくれる。

「どうしよう」

「気にするな。さっき吉瀬と電話で話した。深紘が上手くやってくれたし、彩実さんも」

電話の相手はやはり吉瀬さんだったか。

「気にするなって、気にするわ。このスイートルームだって今夜、そのお二人が泊まられる部屋なんでしょ？」

言われてもちっとも慰《なぐさ》めにならない。いったい何やってるのよ、わたし。

「吉瀬の手配で、二人には別に部屋を取っていたから大丈夫だ。俺たちはここでゆっくり休んで明日、チェックアウトして取り敢《あ》えずうちな。だから、家に連絡入れておけ」

前も同じようなことがあったから、それはするけれど。

「ああ、もう！　不覚だわ。どうして寝ちゃったんだろ。裕典さん、わかってたなら起こしてくれたって――」

裕典さんに言っても八つ当たりにしかならないけれど、自分は起きていて吉瀬さんに連絡を取っていたというのが納得しがたい。

「やだね。せっかく寝ているお前を起こすなんて真似できるか。そこまで疲れさせたのは俺なんだしな」

「えっと……、まあ……」

そんなこと言われたら言葉も返せなくなる。わたしを気遣って寝かしておいてくれたわけで。

「起きれるか？　ルームサービス取ったから。パーティではろくに食べてなかったからな。ほら、バスローブ。シャワー浴《あ》びてこい」

「ん……」

かいがいしく世話を焼かれたわたしは、差し出されたバスローブを受け取ると、ごそごそと素肌に羽織《はお》る。

裕典さんからは、ほんのりとソープの香りがした。

あれから、一月《ひとつき》。会社の昼の休憩時間、わたしは寿《ことぶき》退社をした彩実さんに呼び出されていた。

今いるお店は、〈江杏堂〉近くにオープンしたばかりのファミレス系の洋食屋さん。健康志向をうたい文句に国産の食材にこだわりつつもお値段はリーズナブルと、美容と健康とお財布事情を気にするＯＬには嬉しいお店だ。

わたしたちは今日のおすすめランチを頼んだ。

「梓沙ちゃん、どう？　最近」

「んー、まあまあ、ですかね。彩実さんのほうこそ、どうなんですか？」

相変わらずＳＮＳツールで連絡を取り合っているが、顔を合わせて話すのはまた楽しい。

「私も、まあまあかな。でも、何か変な感じなの。結婚が決まってお式までの間、もっとあれこれやることがあるのかなって思ってたのに、会社辞めたら変に時間ができちゃって」

「今、何をされてるんです？」

これまでと違って毎日就業時間分のフリータイムがある彩実さんは、時間を持てあましてしまっているのだろう。彼女なら、いわゆる花嫁修業的な習い事をしなくても、しっかりこなしてしまうだろうから。

「いろいろなスクールに通ったり、講習会に参加したりしてるわ。でね、今度これ受講しようかなって」

そう言って彩実さんが見せてくれたのは、お花やお茶、お料理とはほど遠い、ビジネス学校のパンフレットだ。なんだか彩実さんが遠くに思えてきてしまうが、実はわたしも似たようなものだった。

「……ここの学校が主催する講義、評判良いらしいですよ。わたし、先日からそこの英会話教室に通い始めたんです」

「英会話？　ああ、そっか」

彩実さんが大きく頷《うなず》く。

そう、わたしは今、渡米のために英会話を習い始めていた。簡単な会話ならなんとかできるが、未来の妻としてちゃんとビジネス英語を習得したいと思ったわけだ。

裕典さんは、一足先にニューヨークに渡った。わたしはあの日宣言したとおり、彼を追いかけていくための準備をしているのだ。

「梓沙ちゃんも、行っちゃうのね」

「まだ少し先の話になりますけどね」

彩実さんにしみじみ言われたわたしは、肩を竦《すく》めて明るく返す。

「あら。てっきりもうすぐにでも行くのかと思ったわ」

「そうしたかったんですけど、ニューヨーク行きをうちの親が納得してくれなくて」

本当は一緒に行きたかった。しかし、悲しいかなわたしの両親、主に父が反対したのだ。

それも仕方がないと思っている。

裕典さんは〈江杏堂〉という老舗《しにせ》製菓会社の御曹司でも、会社を辞めた今はただの無職。加えて結婚後は日本を離れてニューヨーク住まいとなると、子煩悩《こぼんのう》な父が、許すはずがない。「生活基盤ができるまでは嫁にはやれない」と、挨拶に来た裕典さんに真っ向から言い放ったのだ。

まあ、うちの妹が「玉《たま》の輿《こし》だね」と余計な口を挟んだものだから、赤字経営とはいえ、〈プリマヴェーラ・リアン〉の社長のプライドが逆撫《さかな》でされたのも、理由の一つかもしれないけれど。

そんなわたしの左の薬指には、エタニティリングが光っている。

ダイヤがぐるりと全周途切れることなく並ぶ、「永遠」という意味のこのリングは、もちろん裕典さんから贈られたものだ。諸事情相俟《あいま》ってなかなか進展しない結婚話の中、想いの証《あかし》だと渡航前に渡されたのだった。

「でも梓沙ちゃん、なんだか楽しそうね。裕典さんがこっちにいなくて寂しくないの？」

「なんてこと言うんですか。寂しいですよ。でも、あまり遠く離れているっていう実感がないんですよね。メールとかメッセとかしょっちゅうくれるし。顔が見たかったからって、昨日もウェブカメラ使ってリアルタイムで話したんです」

十三時間の時差はあるが、こうして連絡が取れる文明の利器に感謝だ。あとは触れ合うことができれば、言うことない。

「うわ、ごちそうさま。裕典さんて本当にマメなのね。さすが、女性にやさしい二の王子の評判はダテじゃないんだ」

彩実さんがおかしそうに言った。

「そういう一の王子は、ここのところずっと調理室で新製品の開発をされていますよ」

こちらは生真面目《きまじめ》、一途に没頭するタイプ。

「新しいお菓子を結婚式の引き出物にしたいんだって。彼って営業職で商品を売りこんでいくより、開発のほうが性《しょう》に合ってるみたいなのよね」

「引き出物に〈江杏堂〉新製品、良い考えですね、それ。――ああ、だから彩実さん、ビジネススクールに」

彩実さんにパンフレットを見せられたときは意外に思ったが、そういうことならわかる。深紘氏は職人気質だから、彩実さんは営業や経営面をフォローできるようにと思ったのだろう。

「どれだけ身につくかわからないけど、少しでも深紘さんを支えられるようになりたくて。彼、パーティとか会合とか、華やかなものが苦手なのよ。慣れもあるんだろうけれど、頼りにしていた裕典さんはいないでしょ。だから梓沙ちゃんに話を聞いてもらおうと思って」

「だったら良い企画がありますよ。彩実さん、うちの実家の講習に参加しません？」

わたしは、笑みを浮かべて彩実さんを誘う。

「梓沙ちゃんの実家って……、結婚相談所よね？」

「ええ。でも最近、マナー講習を始めたんです。うちもいろいろ新しいことに挑戦していこうってことで。イギリス仕込みの執事が講師ですよ。食事の基本マナーからパーティのときの立ち居振る舞いまで」

講師は東馬さんだ。提案したのは濱本マユリ嬢で、彼女がアシスタントを務める。

「へえ、面白そうね。参加させて」

「はい。家に連絡して、彩実さんのところに案内状送りますね——あっ」

そのときわたしのバッグの中で、スマートフォンが着信を告げた。取り出して見ると、裕典さんの名が表示されている。

「何、電話？　彼からかな？」

「ええ、まあ……」

「出なさいよ」

私のことは気にしなくていいからと言う彩実さんの言葉に甘えて、画面をタップする。

「どうしたの？　そっち、夜中でしょ？」

『そっちは昼休みだろ。ちょっとお前の声が聞きたくなったんだ』

「もう、何言ってるんだか。早く寝なさいよ」

受話口から聞こえる愛しい人の声。嬉しいのと照れくさいのとで、つい素《そ》っ気《け》ない言葉を返してしまう、相変わらずのわたしだ。

『わかってるって。もう寝るから。だから梓沙、言っておくよ』

I love you now and forever.

囁《ささや》くように「ずっと愛している」と言われ、わたしの胸の鼓動はきゅうんと高鳴った。

もうっ!! そっちは今から寝るから良いのかもしれないけど、こっちは午後からまだ仕事なのに……そんな甘い声で言わないでよ。

『それだけだ。じゃ、もう切るから――』

「待って」

通話を切ると言った裕典さんに、わたしは咄嗟《とっさ》に言葉を返す。

決して名残惜《なごりお》しくて引き留めるためではない。

言われっ放しは嫌だ。だから答える。でも照れくさいから簡潔に。

So do I.

わたしも、あなたを愛してる――

～大人のための恋愛小説レーベル～

ETERNITY エタニティブックス

腐れ縁の親友が、私に欲情!?

焦れったいほど愛してる

エタニティブックス・赤

玉紀直《たまきなお》

装丁イラスト／アキハル。

インテリアコーディネーターの小春《こはる》は、仕事相手として、五年ぶりに親友の一之瀬《いちのせ》と再会する。彼とは、トモダチ以上になれない微妙な関係……。なのに、再会した彼の過剰なスキンシップに身も心も甘く翻弄されて!?
長年続けたトモダチ以上恋人未満の関係に劇的変化は起こるのか——両片思いのすれ違いロマンス！

※エタニティブックスは大人の女性のための恋愛小説レーベルです。ロゴマークの色で性描写の有無を判断することができます（赤・一定以上の性描写あり、ロゼ・性描写あり、白・性描写なし）。

詳しくは公式サイトにてご確認ください。
http://www.eternity-books.com/

携帯サイトはこちらから！

セレブな親戚に囲まれているものの、本人は極めて庶民のまなみ。そんな彼女は、昔からの約束で、一族の誰かが大会社の子息に嫁がなくてはいけないことを知る。とはいえ、自分は候補の最下位…と安心してたのに就職先の会社には例の許婚がいて、あろうことか彼の部下になっちゃった！　おまけになぜか、ことあるごとに構われてしまい大接近!?

B6判　定価：640円＋税　ISBN 978-4-434-22330-3

甘く淫らな恋物語
Noche
ノーチェ
ノーチェ文庫
創刊!!
好評発売中!
シンデレラ・マリアージュ
Cinderella Mariage
偽りの結婚が
もたらした、
淫らな夜——
佐倉紫
Illustration: 北沢きょう
間違えた出会い
A Wrong Encounter
文月蓮
Illustration: コトハ
男装して
騎士団に潜入!
ところがそこで……
定価：各640円+税

波奈海月（はなみづき）
愛知県在住。少女マンガとロボットアニメ好きで萌えはツンデレ。執筆時のマグカップ三杯は欠かせないコーヒー党。

イラスト：駒城ミチヲ

運命《うんめい》の人《ひと》、探《さが》します！

波奈海月（はなみづき）

2016年9月30日初版発行

編集－黒倉あゆ子・羽藤瞳
編集長－塙綾子
発行者－梶本雄介
発行所－株式会社アルファポリス
〒150-6005 東京都渋谷区恵比寿4-20-3 恵比寿ｶﾞｰﾃﾞﾝﾌﾟﾚｲｽﾀﾜｰ5F
TEL 03-6277-1601（営業） 03-6277-1602（編集）
URL http://www.alphapolis.co.jp/
発売元－株式会社星雲社
〒112-0005東京都文京区水道1-3-30
TEL 03-3868-3275
装丁イラスト－駒城ミチヲ
装丁デザイン－ansyyqdesign
印刷－図書印刷株式会社

価格はカバーに表示されてあります。
落丁乱丁の場合はアルファポリスまでご連絡ください。
送料は小社負担でお取り替えします。

ISBN978-4-434-22436-2 C0093